# S'IL N'EN RESTE QU'UNE

DU MÊME AUTEUR

*Romans*
UN CAPITAINE SANS IMPORTANCE, Points-Seuil
L'HOMME DE VERDIGI, Points-Seuil
LA DERNIÈRE MANCHE, Points-Seuil
IL EST MINUIT, MONSIEUR K, Points-Seuil
APRÈS LE TEMPS, Grasset (à paraître)

*Nouvelles*
LE CHEMIN DE LA MER, Grasset
PREMIÈRE PERSONNE DU SINGULIER, Points-Seuil (Prix Goncourt de la nouvelle)
DERNIÈRES NOUVELLES DU FUTUR, Grasset
HISTOIRES NATURELLES, Grasset (à paraître)
LE BAR DE LA DERNIÈRE CHANCE, Grasset (à paraître)

*Poésie*
BOURLINGUER, Paragraphes littéraires de Paris
AVENTURES ET VOYAGES, Paragraphes littéraires de Paris
AU LONG COURS, Éditions Saint-Germain-des-Prés
ÉPHÉMÉRIDES (à paraître)

*Essais*
GUERRE EN AFGHANISTAN, La Table Ronde
DE L'ESPRIT D'AVENTURE (avec G. Chaliand et J.C. Guilbert), Points-Seuil
LE REGARD DU SINGE (avec G. Chaliand et S. Mousset), Points-Seuil

*(suite en fin d'ouvrage)*

PATRICE FRANCESCHI

# S'IL N'EN RESTE QU'UNE

*roman*

BERNARD GRASSET
PARIS

ISBN 978-2-246-82045-1

*À la mémoire de ma camarade Hevrin Khalaf*
*tuée le 12 octobre 2019 à Tizwazi –*
*Kurdistan syrien.*

« Pour parure, j'ai mes armes
Et pour repos, le combat. »

Don Quichotte, *Cervantes*.

# *Avertissement*

Les événements rapportés dans ce livre se situent dans un futur indéterminé ; ils relèvent donc de la fiction et le livre lui-même de ce qu'il est convenu d'appeler le roman. Pour autant, les personnages qui le traversent ne sont pas tous imaginaires, encore moins les lieux où se déroule leur histoire. Il y a bien eu autrefois un pays qui s'appelait le Rojava – le véritable nom du Kurdistan syrien – et des bataillons de femmes se battant contre Daech aux côtés de leurs camarades masculins pour maintenir en vie ce pays improbable né d'un rêve humaniste et d'une utopie politique.

C'est pourquoi Tékochine et Gulistan, les deux héroïnes de *S'il n'en reste qu'une*, ont bien existé – du moins me semble-t-il. Car si je fouille ma mémoire, je suis presque certain d'avoir croisé plusieurs fois leur route avant que les chimères auxquelles croyaient ces deux « sœurs d'armes » ne se fracassent contre la cruauté du monde réel.

## *Prologue*

Lorsqu'on pénètre dans la ville de Kobané par l'est après avoir traversé l'interminable plaine séparant le Tigre de l'Euphrate dans ce morceau de l'ancienne Mésopotamie, on découvre sur la droite, à une centaine de mètres en contrebas de la route, un cimetière militaire kurde qui s'étend à perte de vue. Un silence singulier pèse sur ces lieux, comme un manteau posé sur les sépultures de pierre : c'est à peine si l'on entend le bruissement du vent soulevant la poussière du sol et les cris des corbeaux qui, deux par deux, survolent la plaine dans les hauteurs du ciel.

Autrefois, des foules nombreuses venaient honorer la mémoire des milliers de filles et de garçons qui avaient trouvé là leur dernière demeure et dont les portraits en tenue de combat ornaient les tombes à l'infini ; devant ces visages, tous figés dans une éternelle jeunesse, les mères pleuraient toujours, les pères ne parlaient jamais – c'est ainsi qu'on fait au Rojava…

Au fond du cimetière, un peu à l'écart vers le sud, s'élevait un caveau très étrange, plus grand que tous les autres ; deux femmes y avaient été enterrées côte à côte et leurs photos se trouvaient dans un seul cadre sous lequel étaient inscrits leurs noms : TÉKOCHINE et GULISTAN. Au-dessous étaient indiqués le lieu de leur dernière bataille et la date de leur mort – Sérikani, le 15 octobre 2019.

En ce temps-là, cette tombe et toutes les autres étaient soigneusement entretenues et des fleurs sauvages arrosées de larmes poussaient entre les dalles.

De nos jours, le cimetière de Kobané est fermé. Plus personne n'est autorisé à le visiter ; la plupart des étrangers qui passent sur la route – quelques rares journalistes toujours pressés, des humanitaires fatigués et désabusés, des observateurs d'organisations internationales, parfois – préfèrent ignorer les lieux à la demande de leurs guides ; pour les autorités actuelles, ce cimetière appartient au passé, à l'époque révolue des victoires kurdes, à un autre monde.

Toutes les tombes ont été renversées, éventrées, profanées ; quant aux portraits qui les décoraient jadis, ils gisent depuis longtemps au milieu des gravats, pour la plupart piétinés et déchirés.

# PREMIÈRE PARTIE

## *Kobané – le sursaut*

## CHAPITRE I

Je m'appelle Rachel Casanova et je suis journaliste – grand reporter, plus précisément : un fichu métier par les temps qui courent, surtout pour une femme. Depuis dix ans, je travaille au *Sydney Match*, journal à sensation qui ne fait pas toujours honneur à l'Australie et il m'arrive de regretter le Québec dont je n'aurais peut-être jamais dû partir – surtout de Chicoutimi, la ville où je suis née il y a déjà pas mal de temps. Toutefois, Jim Billingman, mon *boss* – comme on dit dans l'équipe – n'est pas un mauvais gars, ni l'un de ces horribles patrons de presse tels qu'on en rencontre souvent ; disons qu'il fait de son mieux pour ne pas se laisser prendre au charme vénéneux du divertissement généralisé ; quand il le faut, il « persévère dans son être », ainsi qu'il aime s'en vanter, et se lance à contre-courant de l'air du temps pour publier des sujets qui en valent vraiment la peine, de ceux qui « mènent le monde », comme il dit aussi ; on voit alors des lueurs d'une profondeur presque inquiétante s'allumer au fond de ses gros yeux de batracien. Si j'écris ce livre sur les combattantes kurdes de Syrie depuis les montagnes les plus perdues qui soient en ce bas-monde, c'est grâce à lui – et pour une fois, je bénis la main qui me nourrit.

Pourtant, rien ne me prédestinait à parler de ces Kurdes, encore moins de leur guerre ou de leur pays, le Rojava ; on ne m'avait jamais envoyée dans ce capharnaüm militaire qu'est le Moyen-Orient et cela ne me tentait pas vraiment – comme au temps de ma jeunesse, je pensais : « La guerre ? C'est le mal absolu, occupons-nous d'amour… » De surcroît, j'ignorais les détails des soubresauts agitant la Syrie et de ce que pouvait bien être la révolution kurde ; j'avais retenu d'un spécialiste que si ces derniers se battaient contre les islamistes de Daech – et la plupart des États de la région – c'était pour faire émerger une Syrie démocratique et laïque, féministe et écologique ; pour moi, cela voulait tout dire et rien dire ; je suis un peu revenue de ce genre de choses, je le reconnais sans peine. Naturellement, il y avait beaucoup de femmes dans cette révolution, ce qui me plaisait bien, mais aussi pas mal d'idéologie, ce qui m'enchantait moins.

Tout a commencé il y a six mois, lorsque mon boss m'a fait demander par sa secrétaire ; je suis entrée dans son bureau et Jim a installé son ventre replet sur le canapé des visiteurs ; après quoi, il a allumé l'un de ses gros cigares dont le diamètre est à ses yeux proportionnel à l'importance d'un patron de presse – le genre de poncif qu'il affectionne avec les roses à la boutonnière pour les complets trois-pièces des soirées VIP, et les pieds sur la table du bureau pour les visiteurs sans importance… Je me suis toujours demandé pour quelles raisons cet homme au physique disgracieux se complaisait dans cette caricature hollywoodienne de lui-même, mais je n'ai jamais trouvé la réponse. Et personne au bureau n'aurait pu m'aider. C'était le genre de sujet qu'il aurait été malvenu d'aborder. On ne plaisantait pas avec ça.

Son cigare entre les dents, Jim a redressé l'espèce d'outre flasque qui lui tient lieu de corps et je me suis assise dans le fauteuil en face de lui. La bouteille de scotch était à sa place habituelle, sur la table basse, et Jim s'est mis à la regarder d'un œil mélancolique, sans plus faire attention à moi. Brusquement, je me suis sentie mal à l'aise ; cette histoire commençait bizarrement et me rappelait le début d'une autre histoire – toutefois, j'étais bien en peine de savoir laquelle. Puis, Jim a grogné comme pour lui-même :

« Depuis la disparition de Ted, plus aucun de mes visiteurs ne touche à cette bouteille ; c'est pourtant de l'excellent scotch, du Black Bourbon, tout de même... Au moins, Ted le reconnaissait toujours quand il en sifflait la moitié en une heure... »

Ted Singleton avait été l'un de nos meilleurs grands reporters, un de ces types à l'ancienne comme on n'en fait plus, le moule étant cassé depuis longtemps – ainsi que l'on dit. Hélas, depuis l'échec du seul livre qu'il ait jamais écrit, *Le naufrage du lieutenant Wells*, il n'avait jamais remis les pieds au journal. Les employés des faits divers affirmaient en rigolant qu'on se perdait en conjectures sur ce qu'il était devenu ; c'étaient des sots – cependant, son appartement de la rue Courtépée avait été déménagé par on ne savait qui, son téléphone était aux abonnés absents, aucun de ses rares amis n'avait de nouvelles. On avait fini par prévenir la police : sans résultat aucun. C'était comme si le vieux Ted se trouvait désormais sur la Lune.

« Je me demande si ce n'est pas de ma faute, reprit Jim en dodelinant de la tête. Bon sang, où peut-il bien être en ce moment ? Il ne s'est tout de même pas… »

Je me récriai : « Non, boss, Ted n'est pas le genre d'homme à se suicider. À mon avis, il est parti très loin et on ne le reverra pas de sitôt. Il se purge du monde à défaut d'avoir pu le soigner ; c'est comme ça qu'il voyait les choses depuis un bon bout de temps, vous savez. Il vieillissait – je veux dire : il commençait à comprendre.

— Vous étiez très amis, n'est-ce pas ? », demanda Jim, comme s'il ne m'avait pas entendue – et sans attendre la réponse, il marmonna : « J'aurais dû publier son reportage sur l'histoire Wells. C'était excellent, en fait. Une histoire de tous les temps cet officier de marine qui ne ressemblait à personne… À la place, je lui ai dit : "Ted, on ne peut pas sortir un truc pareil : un gars qui saborde son navire parce que ce navire et son capitaine se sont déshonorés en abandonnant des migrants en perdition, qui va croire ça ? Et qu'en plus, cet officier, à peine un lieutenant, ait mis en jeu la vie de l'équipage parce que ce dernier s'était retiré de l'espèce humaine par ses actes, ce n'est pas crédible non plus." J'ai même ajouté stupidement : "Ce n'est pas une histoire d'aujourd'hui, mon vieux."

— Tout était vrai pourtant, dis-je doucement.

— De grâce, ne me tourmentez pas, Rachel. J'ai longtemps refusé de croire que l'homme vivait dans le mensonge et je me suis fichu dans le mur… On ne m'y reprendra plus. » Je ne comprenais pas trop ce qu'il entendait par là – que venait faire le mensonge dans tout ça ? – mais déjà il reprenait : « En plus, c'est moi qui ai incité Ted à écrire un livre sur cette histoire de marin à moitié dingue... Avec le *Sydney Match*, il aurait eu ses deux millions de lecteurs habituels ; en librairie, il a vendu à peine plus de mille exemplaires de son bouquin. La poisse... »

Il parlait en m'observant par en dessous, dans un mélange de tristesse et d'inquiétude, son cigare à la main, coincé entre ses doigts boudinés. « Ça a dû l'affliger considérablement, ajouta-t-il d'un air malheureux.

— Il faut oublier tout ça, boss, lui lançai-je d'un ton que je voulais fataliste. Ce sont des choses qui arrivent ; vous avez fait ce que vous pensiez être le mieux pour le journal et voilà tout...

— Justement, fit Jim, il faut qu'on se rattrape – et sans plus attendre. Il se trouve que j'ai les munitions pour ça et j'aimerais vous les confier. Ça vous dirait, un sujet du même genre que l'affaire de Ted avec son marin fou ? Je veux dire : quelque chose d'important ; mieux, de grave... »

Il se tut d'un coup et tira plusieurs fois sur son cigare en me dévisageant avec une intensité qui en était presque gênante ; soudain, je sus quel début d'histoire tout cela me rappelait : ce n'était ni plus ni moins que l'histoire de Ted et de l'affaire Wells : elle avait débuté exactement de la même manière, dans les mêmes termes et au même endroit. Je sentis un drôle de trouble m'envahir. Et si c'était un signe que m'envoyait le destin ? Mais un signe de quoi ? Tout cela commençait à me perturber.

Comme Jim demeurait silencieux, se contentant de jeter de grosses volutes de fumée vers le plafond avec un air de vieux Bouddha rusé, je m'enhardis :

« Quelque chose de vraiment important, boss ? »

Il haussa les épaules d'un air désabusé : « Rachel, après quarante ans de ce foutu métier, je me demande en fin de compte si je sais encore ce qui est important et ce qui ne l'est pas. C'est votre cas aussi, non ?

— J'ai vingt ans de moins que vous, Jim…

— Ah ? Tant que ça ?

— S'il vous plaît, ne soyez pas désobligeant.

— Hum… Si vous voulez… Bon, je conviens que vous savez à coup sûr ce qui est important et ce qui l'est moins ; c'est entendu… » Il s'interrompit, souffla comme une baleine fatiguée, et sans transition m'annonça : « Quoi qu'il en soit, je voudrais que vous partiez dans le nord de la Syrie.

— Ah, fis-je, étonnée. La Syrie ?

— Le nord, Rachel, le nord… C'est le pays des Kurdes, l'ancien Rojava.

— Oui, je sais, répondis-je, vaguement agacée ; je lis les journaux, merci… Quel est le lien avec Ted ? Et puis, ça fait des lustres qu'on n'en parle plus, des Kurdes. Les Turcs occupent toute la région et y ont installé les groupes islamistes qu'ils contrôlent, non ?

— Justement, Rachel, justement. Et pour Ted, vous comprendrez vite. »

Il entreprit de soulever son gros corps du canapé et se dirigea vers sa table de travail vide de tout dossier : pas la plus petite feuille de papier. C'était une habitude dont il était très fier depuis quelque temps, affirmant à qui voulait l'entendre que seuls les patrons inefficaces voyaient leurs bureaux surchargés de paperasse. Il ouvrit un tiroir et revint vers moi avec une chemise cartonnée qu'il posa devant lui, près de la bouteille de scotch. Ses gros yeux de caméléon brillaient à nouveau. Il ouvrit la chemise et me tendit une série de clichés : « Jetez un œil là-dessus, je vous prie. »

Toutes les photos représentaient des combattantes kurdes dans des scènes de guerre ou de vie quotidienne. Beaucoup étaient jolies, toutes portaient de longues nattes noires. Leurs tenues camouflées n'ôtaient rien à leur féminité. Jim me demanda :

« Ça vous parle, j'imagine ?

— Évidemment, boss.

— Ces filles ont été célèbres à une époque, continua-t-il d'un air songeur, les yeux mi-clos. Elles étaient des milliers à lutter contre les djihadistes, de vraies petites Jeanne d'Arc – c'est comme ça que certains de nos collègues les appelaient à l'époque ; ça m'avait frappé et pourtant on n'a pas fait grand-chose dans le journal… Un de mes damnés regrets, comme pour Ted et Wells, je dois l'avouer… Vous vous souvenez des grandes batailles auxquelles ont participé ces femmes, n'est-ce pas ? Kobané, Raqqa. Toute la presse racontait leur combat…

— Elle relatait aussi celui des hommes, fis-je remarquer, soudain sur mes gardes. Ils ont gagné la guerre ensemble. »

Jim bougonna : « Avant qu'on ne les abandonne, nous autres Occidentaux, une fois le boulot terminé contre les islamistes de Daech, nos ennemis communs… »

Il y eut un silence. Jim se mit à mâchonner son cigare sans plus ouvrir la bouche, le regard perdu dans des pensées qui semblaient très sombres. Je demandai : « Vous avez une idée de ce que sont devenues toutes ces femmes ? Du moins les survivantes ?

— Pas la moindre... Et je ne sais pas pourquoi, ça commence à me tracasser comme si j'y étais pour quelque chose...

— Il n'y a pas de raisons, Jim. Et puis, c'est le passé ; tout ce qui existe est fait pour être oublié un jour, non ? C'est une loi de la Nature... »

Mon boss me regarda d'un drôle d'air en se récriant : « Par pitié, ne philosophez pas à cette heure-ci, Rachel. La vie est assez tragique comme ça... Et n'ajoutez pas que tout ce que nous écrivons est destiné à disparaître, je le sais assez ; je vous ai entendue le dire à Ted l'année dernière et ça m'a fichu le moral en l'air. Mais bon, cessons de nous égarer... » Il reprit les photos, les étala près de la bouteille de scotch, et les considéra encore un long moment, presque scrupuleusement, son double menton calé entre les mains. Il respirait lourdement mais son imposante poitrine enrobée de graisse se soulevait à peine ; enfin, il annonça : « Ces photos ont été prises il y a longtemps déjà mais je les regarde souvent ; voilà des visages qui me touchent de plus en plus – allez savoir pourquoi... Un de nos confrères en Allemagne a écrit je ne sais plus où que chacun d'eux était l'expression d'une tragédie personnelle ancrée dans une histoire collective – et que cette histoire collective était un rêve de liberté ; c'est bien vu, je crois. » Il hésita : « Vous en pensez quoi ?

— J'essaie d'être une bonne journaliste, Jim, et de voir les choses comme nous devons les voir, nous. Si je devais m'occuper de ça, j'écrirais pour nos lecteurs quelque chose du genre : derrière tous ces visages oubliés, il y a des âmes héroïques et généreuses. Par les temps qui courent, ça devrait plaire. »

Jim m'adressa un large sourire, le premier de la journée : « Excellent début, Rachel ; il faut être consensuel dans notre métier, plaire à tout prix et en toutes circonstances… Non, je plaisante… De toute façon vous allez partir là-bas pour faire le contraire : plaire à tout le monde, ça me dégoûte de plus en plus. Je vieillis… Heureusement que le *Sydney Match* m'appartient. Retrouvez-moi quelques-unes de ces femmes et on racontera leur destin dans les moindres détails – ça vous va ?

— Drôle d'idée, mais bon, c'est vous le patron… Vous me donnez combien de temps, Jim ?

— Tout le temps dont vous aurez besoin. C'est un sujet exceptionnel.

— Et on fera quel nombre de pages ?

— Autant que vous voudrez ; sur plusieurs numéros, même. J'y tiens beaucoup. Et vous écrirez aussi un livre si ça vous chante. » Il s'interrompit puis ajouta à voix basse : « Vous aurez ce que je n'ai pas offert à Ted. »

Je préférai ignorer cette dernière remarque et me contentai de déclarer : « Très bien, boss, tout me va. Finalement, ça peut être excitant. On va faire du bon travail. » Jim hocha sa grosse tête : « Tant mieux ; passez voir ma secrétaire en sortant, elle vous donnera vos billets d'avion et vos frais de voyage – ils sont conséquents, je n'ai pas lésiné. Vous partez demain matin pour Kobané, via Istanbul. Vous commencerez par là, ça me paraît tout indiqué – c'était autrefois une ville kurde. Ensuite, vous tirerez le fil de votre enquête. Les Turcs n'ont pas fait d'histoires pour votre visa ; ils croient que nous allons produire un mirifique reportage sur le bonheur de vivre dans le nord de la Syrie. Je blague à peine ; ne les détrompez pas. Ils vous ont prévu un interprète qui vous attendra à l'aéroport de Kobané, un certain Mohamed. Voilà, vous savez tout. Des questions ? »

Je fis non de la tête.

## CHAPITRE II

Je sortis du bureau de Jim avec une drôle d'impression ; où mon boss voulait-il en venir exactement ? Pourquoi me lançait-il ainsi sur les traces des combattantes kurdes ? Il m'avait paru un peu exalté. C'était la façon dont il traitait toutefois les sujets qui le touchaient au plus haut point et je devais me faire des idées. Il avait simplement fait siens les visages de ces drôles de combattantes et il faudrait bien que je m'en accommode. Le mieux était que je reste la plus objective possible – après tout, c'était mon boulot de grand reporter – et tout irait bien.

Le lendemain, j'étais à Kobané.

Je découvris un aéroport minuscule, neuf, et presque vide ; mon premier sentiment fut que je débarquais dans un univers de tristesse compassée : les murs étaient parfaitement ripolinés, le sol de marbre très propre, les plafonds bien éclairés, mais ce décor dégageait une forme de grisaille surprenante. Les policiers étaient peu nombreux et très affables : on ne me posa aucune question. Passé la douane, je ne vis qu'une seule personne attendant les rares passagers : un homme à l'air avenant, tenant une pancarte à mon nom. Il était grand et mince, mal habillé d'un pantalon sans forme, d'un polo rayé trop ajusté, et de mauvaises chaussures dont les bouts étaient écornés ; cependant, les traits de son visage, d'une finesse très particulière, révélaient une élégance à la fois désuète et touchante qu'accentuaient des cheveux gominés coiffés en arrière. Il portait une moustache taillée avec soin, des lunettes à fine monture, et ses grands yeux sombres me dévisagèrent avec gravité dès que je m'avançai vers lui : « Madame Rachel, je suis Mohamed ; bienvenue à Kobané. »

Un je-ne-sais-quoi me frappa d'emblée : « Je m'attendais à être reçue par un représentant turc ou un milicien islamiste », lançai-je, vaguement provocatrice.

Mohamed secoua la tête, manifestement gêné – une lueur d'inquiétude avait traversé son regard : « Oh, c'est la même chose, madame Rachel ; je suis kurde, mais cela ne compte pas. Ici, nous sommes tous des musulmans syriens, même si les islamistes turcs dirigent tout. Donnez-moi votre sac, une voiture nous attend avec un chauffeur. C'est aussi un Kurde ; nous vous emmenons à la *guest house* du gouvernement. » Je répondis poliment : « Ah, très bien », et Mohamed précisa, très déférent : « Vous êtes une invitée d'honneur de notre gouvernement local et nous sommes à votre disposition pour toute la semaine. Notre programme de visite est chargé. »

Dehors, la chaleur était accablante ; nous étions en juillet et le soleil se trouvait déjà haut dans le ciel – ce qui n'arrangeait rien. Pas le moindre souffle de vent ne venait atténuer cette chaleur ; tout était sec, brûlant, et la lumière, presque aveuglante, ricochait de partout ; je me fis la réflexion que si des arbres avaient poussé là, ils se seraient enflammés à la moindre étincelle – mais je ne vis aucun arbre nulle part.

Le chauffeur s'appelait Ahmed. C'était un petit homme noiraud, silencieux et renfrogné, avec des jambes arquées et des bras énormes, comme artificiellement greffés de part et d'autre de son torse parfaitement rectangulaire. Il n'allait pas prononcer plus de trois mots au cours de mon séjour, se contentant de grognements indistincts pour dire bonjour et bonsoir. Ce drôle de personnage jeta mon sac à l'arrière d'un 4 × 4 dernier cri et Mohamed s'installa près de lui ; aussitôt, la voiture fila sur une route rectiligne et bien goudronnée, traversant une interminable plaine couleur de glaise, elle aussi dénuée de toute végétation digne de ce nom ; des mirages de chaleur flottaient au-dessus du sol en tremblotant et s'évanouissaient lorsque nous nous en rapprochions. La ville était encore loin.

Peu avant d'y parvenir, j'aperçus en contrebas de la route quelque chose qui me sembla être un grand cimetière abandonné. Mohamed, qui m'observait à la dérobée dans le rétroviseur, devança ma question : « C'est l'ancien cimetière militaire de Kobané, madame Rachel. Il ne sert plus à rien depuis la fin de la guerre ; le ministère de l'Intérieur l'a fermé.

— Ah ? fis-je, étonnée, fermé ? C'est étrange, les cimetières, ça ne ferme pas, habituellement… Qui est enterré là, au juste ? »

Mohamed parut embarrassé : « Beaucoup de gens… Des terroristes kurdes… Des hommes et des femmes mélangés. Avant, au temps du Rojava, on appelait ces hommes Yapagués et ces femmes Yapajas. C'est fini, maintenant.

— J'aimerais bien visiter ce cimetière, Mohamed. »

Il m'adressa une moue désolée : « Ce n'est pas prévu dans notre programme, madame Rachel, et on ne peut pas le changer ; de toute façon, c'est sans importance. Voilà, nous arrivons à la guest house – vous verrez, elle est confortable et nous disposons de la climatisation. »

Toute la semaine suivante, Mohamed me traîna dans Kobané et ses environs ; bientôt, je sus tout du développement économique de la région, du réseau d'adduction d'eau entièrement refait, des routes rénovées, des maisons réhabilitées, de l'hôpital reconstruit, des écoles rouvertes. On m'assura que près d'un million d'Arabes réfugiés en Turquie pendant la guerre avaient été réinstallés dans des colonies agricoles après qu'on eut chassé de leurs terres les terroristes kurdes et leurs familles – ce qu'ils avaient amplement mérité. Le gouvernement comptait même ouvrir des dizaines de fermes d'élevages dès que les budgets seraient débloqués par Ankara. Je pouvais vérifier par moi-même que le prétendu nettoyage ethnique du nord de la Syrie était un pur mensonge colporté en Occident par les quelques groupes de bandits qui avaient réussi à survivre ici ou là.

Je trouvai la ville de Kobané elle-même dépourvue du moindre charme ; on avait rasé une bonne partie des anciennes maisons traditionnelles et construit à la place de petits immeubles tarabiscotés, tous identiques et sagement alignés. J'avais lu dans ma documentation que de nombreux cafés existaient autrefois, mais je n'en aperçus aucun. Les rares femmes dans les rues étaient toutes voilées.

Au troisième jour, je fus reçue par le maire – une sorte de géant à la barbe immense et broussailleuse, qui refusa poliment de me serrer la main. Quand je lui demandai combien de Kurdes vivaient encore sous sa juridiction et pourquoi je n'en avais quasiment pas rencontré hormis quelques responsables de seconde zone, il m'affirma avec un sourire doucereux : « Quand nous avons repris cette région en 2019, notre président a rappelé une vérité oubliée : ces plaines ne conviennent pas aux Kurdes, elles ne sont pas faites pour eux ; ce dont ils ont besoin, c'est de montagnes. Alors, la plupart des Kurdes nous ont écoutés et sont partis. Vers l'Irak en majorité, chez leurs cousins. Quelques-uns ont quand même voulu rester et nous avons accepté qu'ils collaborent avec nous comme des frères. »

Mohamed avait écouté, tête baissée, silencieux, les mains croisées dans le dos ; dès que nous fûmes sortis de la mairie, il me chuchota : « Moi, madame Rachel, j'ai eu de la chance ; j'ai pu rester parce que j'étais marié à une Arabe ; ça m'a sauvé et je n'ai pas perdu ma maison même si la vie est difficile quand on est kurde ; c'est redevenu comme avant la guerre. »

Cependant, il semblait tourmenté par autre chose encore. J'en découvris la raison lorsque je remontai dans la voiture : « Vous vous souvenez du cimetière que vous vouliez voir le jour de votre arrivée ? me dit-il. Eh bien, j'ai changé d'avis. Je vais vous y emmener demain, pour votre dernier jour à Kobané ; quand vous le visiterez, vous comprendrez certaines choses. Nous irons là-bas au moment de la prière du soir, quand personne ne fera attention à nous – il ne faudra pas rester longtemps. Ensuite, nous partirons à l'aéroport. Votre vol pour Istanbul est à 21 heures. »

Je ne pus m'empêcher de serrer son bras : « Merci Mohamed. Je commençais à désespérer de découvrir quelque chose qui puisse vraiment me parler… »

Il eut un sourire sans joie : « Mes parents ont disparu lorsque les gens que vous avez rencontrés, comme ce maire, se sont emparés de la ville. Je n'ai jamais su ce qu'ils étaient devenus. Je suis faible et je ne les ai jamais vengés. »

## CHAPITRE III

Le lendemain, deux heures avant la tombée du jour, tandis que la chaleur baissait peu à peu, Mohamed me déposa sur le bas-côté de la route et repartit immédiatement, me laissant seule face au cimetière qui déroulait sa tristesse immobile en contrebas – il était convenu que la voiture reviendrait me chercher trente minutes plus tard exactement.

Sans attendre, je me mis à descendre vers l'une des nombreuses brèches que j'avais repérée dans le mur d'enceinte, me demandant ce que j'allais découvrir. J'avançai lentement, presque avec prudence, le sang battant dans mes tempes ; je prenais garde à ne pas faire rouler les pierres sous mes pas, craignant bizarrement que trop de bruit ne réveille quelque chose… Bientôt, je crus sentir autour de moi comme une présence humaine ; c'était très étrange et mon imagination se mit à me jouer des tours. Il me sembla que cette sensation de présence était faite de tous les visages des jeunes combattantes que j'avais vus sur les photos de Jim à Sydney ; je dus me secouer – cela n'avait pas de sens. Mais il était trop tard : une curieuse émotion se mit à m'étreindre et à grandir à mesure que j'approchais de la brèche du mur d'enceinte que je voyais maintenant comme une plaie béante ; je m'expliquais mal ce brusque sentiment. Jusqu'à présent, j'avais éprouvé une forme d'empathie, somme toute naturelle, pour les femmes kurdes sur les traces desquelles je m'étais lancée, mais guère davantage. Soudain, c'était différent ; quelque chose avait mystérieusement changé : je m'en allais pour de bon à la rencontre de ces Yapajas – et j'eus la sensation très perturbante qu'avant peu je les toucherais, intactes et vivantes.

Lorsque je franchis la brèche, je m'arrêtai aussitôt, le cœur serré : jusqu'à l'horizon, le cimetière était à l'image d'une ville fantôme dont les tombes de pierre auraient été le peuple immobile. C'était impressionnant. Je demeurai un long moment sans bouger, observant ces tombes, grises et muettes, imposantes. Toutes avaient été fracassées à coups de masse, éventrées, retournées, renversées. La profanation était totale. Des portraits de Yapagués et de Yapajas gisaient un peu partout, piétinés et défigurés, mutilés, leurs cadres de bois brisés. C'était comme si on avait tué une seconde fois les garçons et les filles qui avaient cru trouver là une paix éternelle.

Je me décidai à avancer dans une allée couverte de gravats, puis dans une autre et une autre encore, sans oser examiner de près les visages qui jonchaient le sol, tous jaunis par le temps. Cependant, leur présence était si forte, là encore, que je fus envahie par la terrifiante idée que ces visages innombrables n'étaient pas les images d'âmes disparues depuis longtemps mais celles d'une armée de soldats simplement endormis et attendant son réveil.

Comme j'atteignais l'extrémité sud du cimetière, je remarquai une tombe insolite, un peu à l'écart ; j'approchai. Elle paraissait deux fois plus grande que les autres et si massive que les coups de masse des djihadistes l'avaient à peine endommagée. Tout à côté, posé sur la droite de la dalle de pierre recouvrant la tombe, je trouvai un cadre de bois que le hasard avait épargné ; il contenait deux portraits de femmes disposés côte à côte. Leurs noms étaient gravés au-dessous dans des lettres qui avaient dû être dorées autrefois : TÉKOCHINE et GULISTAN. Tout indiquait que ces combattantes avaient été ensevelies ensemble ; ma curiosité fut aussitôt attisée, bien sûr ; mais surtout, je me sentis étonnamment proche de ces deux femmes pour des raisons que je ne compris que longtemps plus tard – comme ces mystères de l'âme qui ne trouvent jamais d'explication immédiate.

Je m'assis à même la terre et restai pensive un long moment devant les photos des deux Yapajas, tellement délavées par le soleil et la lune, la pluie et le vent, le temps, que l'on distinguait à peine leurs traits ; toutefois, on devinait encore le sourire grave de la première, qui devait avoir une quarantaine d'années, et celui plus léger de la seconde, qui n'avait guère plus de vingt ans. Seuls des événements hors normes avaient pu conduire à ce que l'on ne sépare pas ces deux femmes dans la mort.

Quand je me relevai, j'avais décidé que je n'aurais plus qu'un seul but dans ce reportage : tout savoir de ces deux Yapajas dont la courte vie avait dû être exceptionnelle.

Mon boss serait content : j'étais sûre qu'elles représentaient tout ce que j'étais venue chercher. Je sortis mon téléphone et pris un cliché de Tékochine et Gulistan dans leur cadre de bois. Je ne sais pourquoi, je n'osais en prendre aucun de leur tombe.

Cela fait, je retraversai le cimetière et remontai vers la route, pressant le pas. Une demi-heure tout juste avait passé ; je n'attendis guère la voiture, elle m'embarqua presque à la volée pour filer aussitôt vers l'aéroport. Une fois à bord, je pressai Mohamed : « Vous saviez qu'il y avait une tombe double dans ce cimetière ?

— Oui, bien sûr. Deux Yapajas qui ont été tuées ensemble. Des combattantes très connues. C'était au moment de l'avant-dernière offensive turque, en 2019 ; malheureusement je ne connais pas les détails de leur histoire. J'étais loin de Kobané à ce moment-là.

— Vous pourriez trouver quelqu'un pour me renseigner ?

— C'est vraiment important, madame Rachel ?

— À vrai dire, Mohamed, je n'ai pas l'intention d'écrire un article sur la merveilleuse normalisation du nord de la Syrie… »

Il réfléchit un moment et finit par dire : « Je ne vois qu'une personne qui pourrait vous aider : l'ancienne coprésidente du canton de Kobané. Une vraie militante. Mais elle n'est plus ici, naturellement ; sa tête a été mise à prix par les Turcs – comme celles de tous nos dirigeants – et elle a dû se réfugier au Kurdistan d'Irak. Je crois qu'elle enseigne à l'université d'Erbil maintenant : l'agronomie. C'était son métier avant la révolution. »

Je demandai : « C'est quelqu'un sur qui on peut compter ? »

Mohamed répondit à sa manière : « Je vais vous raconter une histoire la concernant, madame Rachel ; ça se passe au moment de la fameuse bataille de Kobané, en 2014, au tout début de la guerre ; la ville était encerclée par les djihadistes de Daech et nous étions au tournant de notre histoire. Nul ne savait si on allait se sortir de là. Notre coprésidente avait une jeune sœur en première ligne, une Yapaja très courageuse qu'elle aimait beaucoup ; cette sœur s'appelait Mizgin. Elle était tout ce qui lui restait de sa famille – leurs parents avaient été massacrés par les islamistes d'al-Nosra trois ans plus tôt et leurs deux frères, des Yapagués, s'étaient fait atrocement torturer en 2013 après avoir été capturés dans une embuscade. Donc, tous les jours, elle tremblait pour Mizgin et l'appelait sur son téléphone portable pour être sûre qu'elle allait bien. Un matin, ce n'est pas elle qui a répondu mais un djihadiste. Il lui a lancé en se moquant : « C'est moi qui ai tué ta sœur, espèce de chienne. J'ai son téléphone et je lui ai coupé la tête ; elle est devant moi si tu veux venir la chercher… » Depuis, plus personne n'a vu sourire notre coprésidente. Oui, c'est quelqu'un sur qui on peut compter.

— Et comment s'appelle-t-elle, Mohamed ?

— Je ne connais que son nom de guerre, madame Rachel : Bérivan Kobané. »

# CHAPITRE IV

J'arrivai à Erbil deux jours plus tard. Je détestai aussitôt la capitale du Kurdistan d'Irak, ville-champignon qui voulait singer Abou Dabi ou Dubaï avec ses centres commerciaux clinquants, ses immeubles de mauvais goût, ses hôtels ruisselant de stuc et de marbre, ses avenues sans trottoirs, mais ne réussissait qu'à paraître prétentieuse et frivole. Je m'installai dans une sorte de pension au pied de l'antique citadelle et du souk, seuls endroits vivables pour un être humain non encore décervelé – disons qu'en tant que journaliste à l'ancienne, et femme de surcroît, je ne supporte plus les faux-semblants… La pension s'appelait « l'Auberge des deux roses » : ça m'allait tout à fait comme nom. Une fois mes bagages posés, je me mis à la recherche de Bérivan Kobané.

Je découvris sa trace dès le lendemain par l'un de ces miracles de la vie qui réconcilie avec la précarité des entreprises humaines et les aléas de l'infortune. Me faire conduire à l'université n'avait posé aucun problème au premier taxi qui s'était présenté à l'auberge, et obtenir un rendez-vous avec le doyen de la faculté d'agronomie avait pris à peine plus de temps que d'effectuer le trajet. Mais lorsque, m'attendant à une longue recherche, je demandai à ce Kurde affable aux cheveux très blancs, habillé d'un élégant complet gris, si, par le plus grand des hasards, il connaissait l'ancienne coprésidente du canton de Kobané dont, hélas, j'ignorais le vrai nom, il me répondit que ce détail était sans importance : Bérivan était une amie proche, l'une de ses anciennes étudiantes, et il allait la faire prévenir sur-le-champ, ayant toute confiance dans les journalistes australiens. Je n'en revenais pas de ma chance ; d'autant que le doyen se montrait discret sur le motif de ma demande. Il appela un jeune assistant empressé et respectueux, griffonna quelques mots sur un bout de papier et le lui tendit ; une fois l'assistant reparti, presque à reculons, le doyen m'annonça avec un sourire :

« On va nous apporter du thé. Soyez patiente, madame. »

Son anglais était parfait, sa voix très douce, ses yeux d'un bleu presque translucide. J'étais assise en face de lui dans un imposant fauteuil oriental enluminé de dorures et il m'observait avec un amusement à peine dissimulé, comme s'il avait attendu ma visite, installé dans un fauteuil identique au mien, dodelinant de la tête. Je remarquai ses mains, très fines et diaphanes, parcourues de fines veinules bleues semblables à de minuscules rivières se perdant dans d'innombrables méandres.

Bientôt, le thé arriva, apporté sur un plateau d'argent par une jeune femme en jean et tee-shirt, pieds nus, qui me salua en silence. Elle servit le thé dans de petits verres teintés, les posa délicatement sur les tables basses disposées près des fauteuils, et repartit sans avoir prononcé une parole.

« Heureusement que le Kurdistan d'Irak est encore libre, déclara le doyen en se penchant vers moi, son verre de thé fumant à la main. Ce serait bien que vous l'écriviez dans votre journal.

— Naturellement, dis-je sans trop m'engager ; c'est important.

— Parce que, voyez-vous, si nous aussi étions envahis, c'en serait fini de notre peuple. Nous disparaîtrions... » Il fit une pause, les traits de son vieux visage brutalement figés, avant de reprendre d'une voix raffermie : « Après la chute du Rojava – maudits soient les Turcs et leurs supplétifs djihadistes qui nous ont fait tant de mal – les combattants et les militants politiques qui avaient survécu ont trouvé refuge ici ; ils ne se sont pas cachés en ville, bien sûr, mais dans les montagnes de Qandil, plus à l'est vers l'Iran. C'est un bastion imprenable depuis des années : rien que des ravins, des gorges, des crêtes, des pitons, des choses de ce genre... »

Je craignis un long discours politique, mais à cet instant, un gros téléphone fixe sonna sur le bureau. Le doyen s'interrompit pour me lancer : « Ce doit être Bérivan » et il se leva pour aller répondre. Il était si maigre et léger qu'il paraissait glisser sans à-coups sur le sol. La conversation dura peu. Moins d'une minute plus tard, le vieil homme reposa le combiné et griffonna quelques lignes sur un nouveau bout de papier. Il revint vers moi, semblant toujours effleurer le sol, et me le tendit : « C'est l'adresse de l'appartement de Bérivan dans Ankawa, le quartier chrétien. Vous donnerez ce papier au taxi : il trouvera. Bérivan vit seule et vous attend demain à 18 heures. »

## CHAPITRE V

À l'heure dite le lendemain, entre crainte et espoir – et l'esprit un peu agité – je sonnai à la porte de l'appartement 28 de l'immeuble K de la rue Sadr ; question adresses, Erbil pouvait être une ville compliquée…

La femme qui m'ouvrit me laissa sous le choc : Bérivan Kobané n'avait effectivement pas dû sourire depuis longtemps ainsi que l'avait affirmé Mohamed. D'une certaine manière, elle était impressionnante : l'image même du malheur – un tableau de Goya peint sur un visage de Joconde. J'en eus le cœur serré. La maigreur de sa figure, toute en os, faisait peine à voir, avec un nez trop fin, un front immense et une bouche si mince qu'elle semblait tracée au crayon dans le blanc du visage ; cette figure d'outre-tombe ne semblait vivante que par la force de ses yeux, pareils à des brandons brûlant dans des orbites très sombres, d'une profondeur comme je n'en avais encore jamais vu. Pour le reste, Bérivan Kobané n'était pas très grande, les cheveux d'un noir absolu, la taille prise dans une robe de même couleur qui lui tombait sur les chevilles. Je lui donnai une cinquantaine d'années.

« Bonjour, dit-elle avec une certaine distance dans la voix ; j'imagine que vous êtes Rachel Casanova, la journaliste australienne ? »

Son anglais était un peu hésitant mais compréhensible, sa voix très rauque comme venue d'un corps qui aurait été plus robuste – c'était déroutant. Elle me tendait une main aux doigts pareils à de petits fagots de brindilles.

« Oui, je suis Rachel, répondis-je en prenant cette main que je craignis de briser en la serrant trop fort ; vous n'avez pas idée du plaisir que j'ai à vous rencontrer. J'arrive de Kobané et j'ai bien aimé les Kurdes rencontrés là-bas... »

Je vis une lueur s'allumer dans ses yeux et s'éteindre aussitôt – cette femme, me dis-je, est maîtresse d'elle-même comme peu de gens parviennent à l'être ; mais déjà, elle poursuivait : « Ne restez pas dans le couloir et donnez-vous la peine d'entrer. Merci de vous déchausser, c'est l'usage ici. Que puis-je vous offrir à boire ? Chez moi, on ne commence à parler qu'un verre à la main, vous savez. »

Je pénétrai dans un petit salon sans prétention, meublé à l'occidentale, avec un canapé de velours bleu et deux chaises de bois de la même couleur. Les rideaux étaient tirés et la lumière de l'été pénétrait à peine dans la pièce. La fraîcheur était agréable. De la rue montait le faible brouhaha de la circulation. « Je prendrais bien du café si vous en avez, dis-je ; je ne suis pas grande buveuse de thé, à vrai dire...

— Vous ne préférez pas un bon whisky ? »

Bérivan parut s'amuser de ma surprise mais son visage restait sans expression – ou plutôt : conservait toujours la même expression d'inconsolable tristesse : « J'ai aussi des cigares si vous aimez ça, précisa-t-elle.

— Je ne fume pas, répondis-je, plus étonnée que je ne voulais l'admettre, mais pour le whisky, je suis partante. Et ça ne m'arrive pas souvent… »

Elle sortit deux verres d'un meuble bas, accompagnés d'une bouteille d'un whisky qui m'était inconnu. Elle disposa le tout sur une table basse et nous nous assîmes sur les deux chaises, presque face à face.

« Il est fabriqué ici, m'apprit Bérivan en me désignant la bouteille du menton ; on trouve mieux mais je ne peux pas me payer autre chose, j'espère que vous me pardonnerez. » Elle remplit les deux verres presque à ras bord et m'en tendit un : « À votre santé ! » Elle avala son whisky d'un trait, la tête rejetée en arrière, à la russe, avant d'ajouter : « Si vous ne fumez pas, je me contenterai de cigarettes. J'espère que la fumée ne vous gêne pas.

— Non, ça ira très bien.

— J'ai l'impression que cela vous surprend que je fume et boive.

— Disons que je ne m'attendais pas à cela. »

Elle alluma une cigarette, laissant la fumée glisser le long de son visage dont les os parurent saillir encore plus : « Vous n'êtes guère plus jeune que moi, fit-elle en me fixant dans un mélange de sympathie et de méfiance, mais vous avez encore bien des idées reçues en tête. Chez nous, maintenant, on boit et on fume autant que chez vous. D'ailleurs, je bois et fume davantage qu'autrefois, juste pour le plaisir de me moquer des islamistes et de leur système totalitaire. C'est à peu près tout ce qui me reste pour leur résister ; et pour respirer un peu d'oxygène. C'est comme ça que je parviens à étouffer un peu moins, voyez-vous… Parfois, je n'en peux plus. Pour l'instant, on peut encore se permettre ce genre de choses au Kurdistan d'Irak. Espérons que ça continuera – mais ça dépendra beaucoup de vous autres, les Occidentaux… »

J'avais suivi son discours en silence, ne sachant par quel bout prendre cette femme surprenante ; comment allais-je lui formuler ma demande concernant Tékochine et Gulistan sans la braquer ? Bérivan me déroutait tout en me fascinant par la force singulière qui émanait d'elle. Une certitude enfantine me saisit tout à coup : la succession de drames auxquels cette femme avait survécu année après année l'avait rendue invulnérable… Je me sentis ridicule – comment pouvait-on penser cela ? C'était idiot. Je me remis à chercher la manière la plus adroite d'aborder l'histoire du cimetière de Kobané, mais en fin de compte, ce fut elle qui me tira de ce mauvais pas en demandant simplement :

« Je vous écoute. Pourquoi vouliez-vous me voir ?

— Eh bien voilà, dis-je, soulagée – et je me lançai sans plus de préparation – c'est à propos de deux Yapajas que vous connaissez certainement et qui sont mortes il y a quelques années. Je peux vous montrer leur photo ? »

Le visage de Bérivan s'était brutalement figé, comme pris dans un bloc de lave : « Pardonnez-moi, m'empressai-je d'ajouter, très gênée, je ne veux pas vous rappeler de mauvais souvenirs, c'est juste que… Voici… » Je lui tendis le tirage papier que j'avais fait réaliser à partir de la photo prise au cimetière : « Elles sont enterrées à Kobané », précisai-je.

Bérivan tourna la tête pour examiner la photo et je vis passer dans les brandons de son regard un voile de douceur qui transforma la lumière de ses yeux en deux veilleuses très douces. Tous les traits de son visage se détendirent : « Tékochine, murmura-t-elle, c'est Tékochine… L'autre, c'est Gulistan… On m'avait prévenue que vous me parleriez d'elles… » Mais déjà elle reprenait ses esprits pour déclarer, un peu plus froidement : « Je connaissais surtout Tékochine, en fait. Nous étions toutes les deux de Kobané ; j'avais quelques années de plus qu'elle mais nous étions très amies dans notre jeunesse. Nous allions à l'école ensemble. Malheureusement, c'était une fille sans famille – elle avait été abandonnée très jeune. Quant à Gulistan, c'était une Yapaja très vaillante également ; elles appartenaient au même bataillon, le *tabur* "shayid Arin Mirkan". Tékochine en était la commandante.

— Écoutez, Bérivan, dis-je. Ma demande va certainement vous paraître exagérée – d'autant que vous ne me connaissez pas – mais j'aimerais raconter leur vie à toutes les deux. Pas seulement dans mon journal, dans un livre aussi. J'ai le sentiment qu'il y a quelque chose de fondamental dans tout ça : une histoire kurde, bien sûr, mais une histoire pour tout le monde également, une histoire de tous les temps… Je me fie à mon instinct… J'espère que vous me comprenez, parce que j'ai besoin de votre aide. »

Bérivan me considéra un instant sans répondre, tout son visage redevenu impassible. Elle paraissait tiraillée entre des sentiments contradictoires. Bientôt, le silence devint si dense, si puissant pour tout dire – en tout cas, je le perçus ainsi – qu'il absorba jusqu'aux rumeurs de la ville qui jusqu'alors nous parvenaient de l'extérieur. C'était déconcertant. Pour rompre ce sortilège, je demandai : « À propos, vous n'auriez pas d'autres photos de Tékochine et Gulistan ? Celles du cimetière ne sont pas fameuses ; le temps les a vraiment abîmées. »

Bérivan secoua la tête : « Je n'en possède aucune, madame Casanova ; j'ai perdu la moitié de mes archives en fuyant Kobané – ce furent des moments douloureux. Et dans cette moitié-là se trouvait ma collection de photos. Nous en faisions beaucoup autrefois.

— Ah, dommage, fis-je, dépitée ; leurs visages resteront donc flous pour moi… » Je me sentais un peu désorientée par ce résultat. Pour me donner une contenance, je dis : « Je vais reprendre un peu de votre whisky. Il est assez bon, finalement. »

Je crus déceler un soupçon de sourire sur les lèvres de Bérivan ; il fut cependant d'une telle fugacité qu'il disparut à la vitesse d'un mirage dans le désert. « Servez-vous, dit-elle. Une question quand même : pourquoi Tékochine et Gulistan ? Nous avons eu des milliers de combattantes tuées au combat. Pourquoi ces deux-là ? Parce qu'elles ont été ensevelies ensemble ? C'est cela qui vous intrigue ?

— Oui, je l'avoue, je trouve ça particulièrement étonnant.

— Et vous avez raison. Mais… » Elle parut balancer entre des sentiments divergents et alluma une nouvelle cigarette avant de reprendre : « Elles sont mortes ensemble, bien sûr, et dans des circonstances si exceptionnelles que cela justifiait de ne pas les séparer dans la mort. Ce qu'elles étaient, ce qu'elles représentaient, sort de l'ordinaire ; mais ce qui s'était passé entre elles, lors de leur tout dernier combat, ne pouvait pas… comment dire… servir d'exemple. Notre état-major était très embarrassé, je m'en souviens comme si c'était hier. En fin de compte, nous avons fait ériger un tombeau comme il n'en existait aucun autre dans aucun de nos cimetières et nous avons honoré Tékochine et Gulistan au-delà de ce qui se fait habituellement ; toutefois, nous n'avons rien dit de leur fin véritable. Nous avons laissé faire l'oubli du temps.

— Je vous trouve bien mystérieuse, fis-je, contrariée ; après toutes ces années, vous pourriez peut-être… »

Bérivan se leva et annonça : « Je vais préparer un peu de thé ; je bois du whisky tous les jours sans pour autant avoir renoncé au thé kurde. »

Elle disparut dans ce qui devait être la cuisine et revint quelques minutes plus tard avec un plateau et deux tasses fumantes : « Faites-moi le plaisir de partager un peu de ce thé avec moi. Nous avons le temps. » Elle se mit à boire à petites gorgées brûlantes, jusqu'à ce qu'il ne reste rien dans sa tasse ; alors, elle déclara : « Même si je le voulais, je ne pourrais pas vous raconter ce qui s'est passé entre elles le jour de leur mort – car je l'ignore. Elles ont été tuées à Sérikani, c'est loin de Kobané, et je n'étais pas présente. D'autre part, je suis une civile, une militante politique ; nos militaires ne se sentent pas tenus de nous raconter les détails de leur vie ; quand ils m'ont appris qu'ils allaient ensevelir Tékochine et Gulistan ensemble car elles le méritaient et que je leur ai demandé pourquoi ils n'en fournissaient pas les raisons précises, ils m'ont répondu ce que je vous ai moi-même répondu : ce qu'elles avaient fait entre elles au dernier instant de leur vie ne pouvait être donné en exemple. Voilà, vous savez tout ce que je sais.

— Je trouve vos raisons très contradictoires, avouai-je, déçue. Je ne comprends pas. »

Bérivan haussa les épaules : « Contradictoires ? Est-ce que je sais… Peut-on honorer quelque chose qui ne soit pas exemplaire ? Sans doute, puisque cela a existé. Mais qui peut être certain de la réponse ? Cela ressemble aux questions existentielles que nous enseignions autrefois dans nos académies militaires. Par exemple : peut-il arriver que l'on se sauve soi-même en se sacrifiant ? Méditez là-dessus et vous verrez les horizons que cela peut ouvrir… »

Je restai un moment silencieuse, me demandant si elle plaisantait, mais déjà elle haussait une seconde fois les épaules en déclarant : « De toute façon, quand on dit chez nous qu'il ne faut pas chercher à savoir, on ne cherche pas à savoir. C'est comme ça….

— C'est comme ça, répétai-je, presque mortifiée.

— Nous sommes très disciplinés, vous savez ; si nous avons survécu jusqu'ici, c'est parce que nous connaissons les règles de la clandestinité et du secret – et même celles de la duplicité et du double langage. Par exemple, je mets au défi quiconque de savoir précisément qui décide chez nous – et où se trouve le vrai pouvoir. Oui, question de survie ; pourtant, j'aimerais vous aider. »

Elle parut réfléchir, buvant son thé tout doucement. Je décidai d'attendre. Une longue minute s'écoula dans un silence parfait, à peine troublé par le tintement des cuillères dans les tasses. Brusquement, Bérivan me posa une question qui me prit au dépourvu : « Est-ce que vous êtes patiente, madame Casanova ?

— Ma foi, fis-je, étonnée...

— Je veux dire : disposez-vous de tout votre temps ? »

Me méprenant sur la question, je crus bon de préciser : « Je ne suis pas mariée si c'est ce que vous voulez savoir ; et je n'ai pas d'enfants. En tant que célibataire endurcie – comme on dit chez nous – je suis maîtresse de mon temps.

— Oh, je n'en exigeais pas tant, se récria Bérivan en joignant ses deux mains pour s'excuser. Cela ne me regarde pas. Je suis une Qadro – et donc célibataire moi aussi. Vous savez ce qu'est un Qadro dans notre révolution ? Ce sont les hommes et femmes, civils ou militaires, qui ont fait serment de donner leur vie à la cause – on peut tout exiger d'eux sans qu'eux-mêmes demandent quoi que ce soit en retour. Tékochine et Gulistan étaient des Qadros. Mais assez parlé, rentrez à votre hôtel maintenant et attendez. Je vais consulter mes camarades à votre sujet ; quand la réponse me parviendra, j'enverrai quelqu'un vous l'apporter ; si elle est positive, nous nous retrouverons ici. »

## CHAPITRE VI

Une semaine passa sans la moindre nouvelle. Je quittai peu ma chambre, craignant de manquer l'émissaire de Bérivan. À de nombreuses reprises, je téléphonai à Jim Billingman au *Sydney Match* pour prendre son avis ; chaque fois il me rassura : je devais me montrer patiente. Les Kurdes me mettaient à l'épreuve pour savoir qui j'étais vraiment. Ils avaient perdu le Rojava, s'étaient dispersés par nécessité dans les pays voisins, mais ne désespéraient pas de reconquérir un jour leur pays, résistant de leur mieux. Ils se méfiaient donc de ceux qui les approchaient de trop près ; lui-même s'était renseigné et avait appris que leurs chefs se montraient d'une incroyable suspicion envers les étrangers, et même entre eux – cela pouvait friser la paranoïa. Les services secrets turcs tentaient sans cesse d'infiltrer leur mouvement et ceci expliquait cela ; il ne fallait donc pas que je m'étonne de leurs précautions. Quoi qu'il en soit, ce qu'avait révélé Bérivan à propos de la mort de Tékochine et Gulistan pouvait être pris comme un encouragement à poursuivre mon enquête. « L'énigme qui entoure la façon dont elles ont été tuées me fascine », m'avait-il avoué dès le début, très excité. Et à une autre occasion, il avait ajouté : « J'ai assez de flair, ma chère Rachel, pour vous garantir que vous tenez là le reportage le plus humain et le plus émouvant de toute votre carrière. Bon sang, ne lâchez rien, vous allez avoir une sacrée histoire à raconter. »

Naturellement, il était inutile que Jim m'encourage. Cette affaire commençait à me remuer pour de bon. J'en étais à me dire que j'aurais beaucoup donné pour connaître Tékochine et Gulistan en chair et en os. Qui étaient-elles exactement ?

Au huitième jour – nous étions maintenant en août – les choses se précisèrent : une très jeune femme m'aborda dans le souk alors que je m'y promenais pour « m'aérer » un peu – le souk se situait à deux pas de l'auberge et j'avertissais toujours la réception de mes absences. La jeune femme n'avait sans doute pas plus de vingt ans et je fus instantanément certaine d'avoir devant moi une Yapaja en civil ; elle était petite mais belle sans ostentation, habillée d'un jean et d'une chemise délavée, ses longs cheveux tressés en une seule natte qui lui tombait au milieu des épaules ; son allure générale était à la fois farouche et infiniment délicate. Un curieux mélange qui me surprit mais me toucha tout de suite – je ne savais pas encore que je le retrouverais chez toutes les Yapajas, comme si ce mélange appartenait à leur identité intime.

Cette Yapaja-là ne parlait visiblement pas anglais ; on avait tout de même dû lui dire que j'étais une amie car un sourire accompagnait l'enveloppe cachetée qu'elle me tendit ; dès que je l'eus mise dans ma poche, la jeune femme disparut dans la foule comme par enchantement, sans avoir prononcé la moindre parole. Cette étonnante rencontre me laissa comme un goût de promesse d'aventure.

Très excitée, je revins à l'hôtel et ouvris l'enveloppe. La lettre qu'elle contenait ne comportait que cinq mots : « demain 20 heures pour dîner ». Je me fis la réflexion qu'on n'invite personne à manger pour signifier un refus ; je dormis paisiblement cette nuit-là.

À l'heure dite le lendemain, je sonnai pour la seconde fois à la porte de l'appartement de Bérivan Kobané. Elle m'ouvrit et me fit signe d'entrer sans façon ; j'ôtai mes chaussures. Le repas était déjà servi sur une nappe à carreaux posée à même le sol : du riz, des brochettes de viande, des assiettes de salade, de larges galettes de pain. « Mangeons », fit Bérivan en s'asseyant en tailleur.

Je l'imitai sans poser de question, imaginant que c'était à elle de parler la première – mais elle ne dit pas un mot de tout le repas ; elle mangeait manifestement sans plaisir, de manière presque mécanique, par nécessité, les yeux baissés. Quand tout fut achevé, elle débarrassa la nappe et revint avec deux verres et une bouteille de whisky. Cette fois, il s'agissait de Black Bourbon. Je n'en revenais pas.

« On m'a certifié que c'était le whisky favori de votre patron, me lança Bérivan avec une pointe de malice.

— Mais comment avez-vous…

— Oh, nos militants en Australie ont bien travaillé, c'est tout. Ils nous ont également assuré que vous ne trahiriez pas notre confiance : c'était essentiel – vous avez bonne réputation là-bas. Vos ancêtres étaient italiens, n'est-ce pas ? Avant d'émigrer au Canada, et vous, plus tard, en Australie…

— Bérivan, vous m'épatez !

— N'exagérons rien… Il paraît aussi que votre patron est un homme, comment dire… très enveloppé, mais fort honnête… Cela nous a plu. Ces renseignements obtenus, nous avons parlé avec les camarades – je veux dire : les dirigeants qui sont dans la clandestinité au Rojava, et ceux qui mènent la guérilla à partir des montagnes de Qandil, ici en Irak, et celles de Diyarbakir en Turquie. Ils ont pris une décision vous concernant.

— Ah, très bien, dis-je, vaguement émue.

— Mais buvons d'abord un verre de ce whisky, madame Casanova. Nous allons avoir à parler longtemps. »

Elle remplit les deux verres et avala le sien d'un trait comme elle en avait l'habitude ; puis, les jambes toujours en tailleur, ses coudes appuyés sur les genoux face à moi, elle commença : « Nos chefs sont d'accord pour vous aider à écrire votre livre ; ils sont également d'accord pour que celui-ci soit principalement consacré à Tékochine et Gulistan. Ce point a fait l'objet d'une controverse entre nous. Plusieurs de nos responsables comprenaient mal pour quelles raisons vous ne vous intéressiez pas à nos combattants en général – pourquoi seulement les femmes ? Cela leur paraissait étrange. » Elle balaya l'air devant elle comme pour dissiper un problème sans importance. « Cet aspect des choses a été réglé. Que vous soyez une femme a beaucoup joué en votre faveur – vous connaissez notre objectif de l'égalité des sexes dans notre mouvement. Il y a eu autre chose encore… »

Elle s'interrompit à nouveau, tandis qu'une expression de gêne passait sur son visage : « Il y a eu le fait que vous ne soyez plus toute jeune... » Elle toussa discrètement : « Pardonnez cette façon de formuler les choses, mais que ce livre soit écrit par une femme d'expérience nous a rassurés. Voilà, vous savez tout. Êtes-vous satisfaite ? »

Je restai un moment silencieuse, partagée entre divers sentiments. La joie profonde qui était montée en moi au fur et à mesure du discours de Bérivan était maintenant tempérée par une inquiétude nouvelle : et si ce que j'allais découvrir sur Tékochine et Gulistan ne se révélait pas à la hauteur de mes espérances ? Je m'en voulus aussitôt de cette pensée : n'était-elle pas une forme de profanation de leur mémoire ? Je répondis, chassant toute émotion :

« Bérivan, c'est parfait. Comment procède-t-on maintenant ?

— En premier lieu, nous allons continuer à boire de cet excellent whisky, madame Casanova – après quoi vous rentrerez dormir. Ne vous souciez pas de la suite, nous avons tout organisé. Vous rencontrerez les trois personnes qui pourront vous fournir tout ce dont vous avez besoin concernant Tékochine et Gulistan ; je suis la première de ces personnes. Vous reviendrez donc ici demain matin et nous prendrons le temps nécessaire pour que je vous dise tout ce que je sais d'elles. Je devrai malheureusement me limiter à la période où elles se sont connues, puis à la fameuse bataille de Kobané qu'elles ont faite ensemble à la fin de 2014 parce que, par la suite, je ne les ai plus beaucoup vues ; leur bataillon a été transféré à Manbij, puis à Raqqa pour la bataille finale contre l'État islamique en 2017. Le général qui les commandait à cette époque prendra le relais pour vous exposer ce qu'elles ont vécu au cours de cette deuxième période. Il se nomme Qaraman. Un grand soldat ; il se cache dans les montagnes de Qandil avec notre guérilla et vous devrez le voir là-bas. Ce sera un voyage… disons… sans agrément, à cause des Turcs qui encerclent la région, mais impossible de vous en dispenser si vous voulez connaître la suite. Nous vous escorterons, bien sûr. »

Bérivan s'interrompit pour avaler un peu de Black Bourbon et marmotta : « Il est vraiment épatant ce whisky. Votre patron, ce Jim Billingman a du goût… » Je ne pus m'empêcher de sourire, mais déjà elle reprenait : « En vérité, ce sera encore plus dangereux pour rencontrer la troisième personne… Si vous en acceptez les risques, nous vous ferons passer clandestinement en Turquie afin de gagner nos maquis des montagnes de Diyarbakir ; il faudra vous habiller de la même manière que nous – vous êtes brune avec des yeux noirs, la peau mate, vous passerez sans trop de peine pour l'une des nôtres, aucun problème de ce côté-là. Tulin Clara vous attendra dans les montagnes. C'est aussi l'une de nos meilleures générales. Elle commandait le front de Sérikani, là où Tékochine et Gulistan ont été tuées en octobre 2019 quand les Turcs nous ont attaqués après la trahison des Occidentaux. Elle connaît tous les détails de la mort de nos deux camarades – et elle ne les a pas confiés à grand monde, je vous assure ; elle a juste mis dans son rapport officiel ce que je vous ai déjà dit : qu'elles s'étaient sacrifiées au combat mais d'une manière qui ne pouvait être citée en exemple. »

Bérivan poussa un soupir mélancolique: « Vous en saurez davantage que moi à ce moment-là, madame Casanova. Alors, si vous revenez à Erbil, je vous remercie par avance de bien vouloir passer me voir pour me mettre dans la confidence: j'aimais beaucoup Tékochine et je souhaiterais connaître sa fin exacte si cela ne vous ennuie pas – car je n'aurai peut-être pas l'occasion de lire votre livre; nos vies sont si fugaces… Maintenant, partez, s'il vous plaît, il est tard et beaucoup de travail nous attend demain. »

## CHAPITRE VII

En rentrant à l'auberge, j'appelai Jim à Sydney pour lui résumer mon entretien avec Bérivan. Il était si impatient d'avoir des nouvelles qu'avant même de m'écouter, il s'écria : « Alors, Rachel, comment ça se passe avec vos protégées ? » Je mis une fraction de seconde avant de comprendre sa question. Puis, je me dis que sous ses dehors de baleine endormie, Jim avait de l'instinct ; un instinct animal : Tékochine et Gulistan ne devenaient-elles pas, petit à petit et d'une certaine manière, mes protégées ? Cette idée me fit tout drôle puisqu'elles n'existaient plus. Je feignis l'innocence : « Ah ! vous voyez les choses comme ça, boss ? » J'entendis son rire à l'autre bout du fil : « Évidemment ! On ne me la fait plus. Car, que croyez-vous ? Si vous parvenez à ressusciter l'histoire de ces deux filles, c'est leur mémoire que vous allez protéger – c'est manifeste. J'aurais bien aimé être à votre place… » Il y eut un silence et, brusquement, je me sentis comme un chien de chasse chargé d'une mission absolument nécessaire – je n'étais plus journaliste. Je dis, troublée : « On verra bien, Jim. De toute manière, les choses avancent ; les Kurdes sont d'accord pour le livre et le reportage. » J'entendis mon boss jubiler : « Vous avez fait un sacré bon boulot, Rachel ; vous remercierez pour moi cette Bérivan Kobané ; elle m'a l'air parfaite votre "femme qui ne sourit jamais". J'espère que vous ne voyez pas d'inconvénient à ce que je l'appelle comme ça… Bon, racontez-moi les détails maintenant, que je vive au moins votre affaire par procuration. »

Je lui fis un rapport complet sur mes échanges avec Bérivan, sans omettre aucun détail ; quand j'eus terminé, il conclut par ces mots : « Je vois très bien maintenant comment je vais éditer votre récit dans le journal, Rachel. Depuis que vous avez quitté Sydney, j'ai beaucoup lu sur les Kurdes. Et je suis de plus en plus emballé, vous savez. On ne va pas se priver de rappeler à nos lecteurs que le combat des Kurdes contre l'État islamique a été une épopée militaire vers la liberté et l'émancipation des femmes dont ils n'ont plus idée. Dommage que ça n'ait pas abouti – mais rien n'est encore définitivement perdu : on va le rappeler aussi. En tout cas, le romanesque de toute cette affaire ne peut échapper qu'aux âmes fatiguées – c'est tellement évident que nous allons jouer à fond là-dessus… Les gens ont besoin de romanesque, si vous voulez mon avis. Ça manque par les temps qui courent ; et moi, patron de presse, je dois fournir ce qui manque. Vous ferez ça très bien. »

Je voulus interrompre mon boss, mais il était lancé : « On fera un feuilleton en plusieurs parties parce que cette histoire, pour moi, c'est une sorte de tragédie grecque en trois actes… » Il s'arrêta, attendant visiblement ma réaction, mais comme je me contentai d'un

« Ah ? » prudent, il reprit, vaguement vexé : « J'appellerai le premier de ces actes : "Kobané – le sursaut" puisque ça a été le tournant de la guerre. C'est parfait comme titre, non ? Vous ne dites rien ? Bon, très bien… En tout cas, j'intitulerai le deuxième acte : "Raqqa – la victoire", avec la prise de la capitale de l'État islamique deux ans plus tard. Pour le troisième acte, je ne sais pas comment vous sentez les choses, mais je ne vois qu'un titre possible : "Sérikani – la trahison" puisque cette bataille a été provoquée par notre abandon des Kurdes. Vous en pensez quoi de tout ça, Rachel ? »

Je fis attendre un peu mon boss, puis répondis, faussement mutine : « Jim, vous avez raté votre vocation ; vous auriez dû écrire des pièces de théâtre. »

## CHAPITRE VIII

Bérivan Kobané consacra une journée entière à me raconter comment Tékochine et Gulistan s'étaient rencontrées – dans des circonstances peu communes comme on va le voir –, puis à me faire le récit de leurs premiers combats. Je dus tout de suite donner raison à mon boss : dans cette affaire – et ce fut manifeste dès les premières paroles de Bérivan – la tragédie côtoyait à chaque instant le romanesque et, pour la première fois de mon existence, je prenais conscience de ce qu'ils peuvent avoir d'épique lorsqu'ils fusionnent et se mêlent à l'Histoire ; jamais les choses ne m'étaient apparues sous cet angle – dans ce mélange de drames humains et d'exaltation de l'esprit. Tout ça bouillonnait… Oui, Jim ne s'était pas trompé, il y avait de l'épopée là-dedans – et ça tranchait sacrément avec tout ce qui m'entourait en Australie. Je m'aperçus que j'aimais cela et je finis par le dire sans détour à Bérivan ; je vis dans le brandon de ses yeux un éclair de satisfaction ; je crus même que sa figure allait s'éclairer. Mais non… La « femme qui ne sourit jamais » resta égale à elle-même, les traits figés. Je me demandai si c'était parce qu'elle songeait tout le temps à sa sœur Mizgin dont un djihadiste avait tranché la tête en riant, ou si ce souvenir qui avait tué son visage par sa cruauté ne revenait que par intermittence. Cette question me taraudait depuis la veille, mais il eût été horriblement malvenu de la poser… Je n'eus donc jamais de réponse. Quoi qu'il en soit, Bérivan déroula pour moi l'histoire de Tékochine et Gulistan avec une bienveillance mélangée de retenue, toujours maîtresse d'elle-même.

« La chose la plus importante que vous devez savoir, commença-t-elle, c'est que Gulistan était une Yézidie et qu'elle avait dix-sept ans lorsque les islamistes ont attaqué la région de Shingal, ici, dans le nord-ouest de l'Irak, où elle vivait avec sa famille – des bergers très pauvres dont le troupeau de moutons ne dépassait pas les cent têtes. Le Shingal est l'un des berceaux des Kurdes yézidis. Leur religion est issue de l'ancien zoroastrisme qui plonge ses racines très loin dans le passé, bien avant l'arrivée de l'islam chez nous.

— Le *Sydney Match* est un grand journal, répondis-je sans me formaliser. Notre service de documentation m'avait tout préparé.

— Pardonnez-moi, madame Casanova : j'aurais dû m'en douter… En tout cas, c'est pour cette raison que les djihadistes haïssent les Yézidis ; pour eux, ce sont des adorateurs du diable. Ils les placent au sommet de la hiérarchie de leurs ennemis, parmi ceux qui doivent être anéantis au sens propre du terme. Je sais que chez vous on refuse de le croire, mais ces islamistes détestent viscéralement tout ce qui n'est pas eux : chrétiens, Kurdes, chiites, soufis, musulmans trop modérés à leurs yeux, tout y passe – sans oublier les Occidentaux, naturellement, ces mécréants abhorrés. Voilà pourquoi la guerre qu'ils mènent contre nous est une guerre existentielle ; nous ne pouvons passer aucun accord de paix avec eux, aucun armistice n'est possible, aucun dialogue n'est envisageable ; le voudrions-nous que ce serait impossible ; nos combattants ne peuvent même pas se rendre si cela tourne mal pour eux – ils sont aussitôt torturés, assassinés, leurs corps démantelés.... »

Je ne pus m'empêcher de l'interrompre : « J'ai entendu dire que les Yapajas conservaient toujours une dernière cartouche pour elles-mêmes dans les cas désespérés ; est-ce exact ? »

Bérivan ne répondit pas immédiatement mais les deux tisons lui tenant lieu de regard furent traversés d'une fulgurance incroyable : « Nous n'avons guère le choix, reconnut-elle ; c'est ça ou les djihadistes nous font regretter d'être nées dans des souffrances dont vous n'avez pas idée en Occident – sans parler des viols... Quand nos filles le peuvent, elles préfèrent se faire exploser à la grenade au milieu d'eux pour en emporter le plus possible dans la mort. »

J'avais lu ça quelque part mais j'étais tout de même impressionnée ; je commençais à prendre conscience de tout ce qui me séparait de quelqu'un comme Bérivan Kobané, et j'en fus gênée – car plus encore, je mesurais le fossé insondable existant entre mon univers et le sien. J'appartenais au monde de la sécurité et du confort, elle habitait celui de l'insécurité et de la tragédie.

« Les islamistes veulent notre disparition, reprit Bérivan d'une voix égale ; ou notre soumission totale à leurs lois – ce qui pour un peuple libre revient au même. Nous n'avons pas d'autre choix que de vaincre ou de ne plus exister… Les islamistes ont donc attaqué les Yézidis au cours de l'été 2014, non pas pour ce qu'ils avaient fait, ou auraient pu faire, mais pour ce qu'ils étaient. Ces islamistes se trouvaient en pleine expansion territoriale et allaient bientôt créer Daech, souvenez-vous ; ils venaient de s'emparer de la grande ville de Mossoul en Irak et avaient ensuite conquis une bonne partie de la Syrie tout en progressant vers le Shingal pour en finir avec les Yézidis. Le soleil brûlait la moindre parcelle de végétation, la poussière était partout. Le bataillon de Tékochine se trouvait cantonné non loin de Qamichli – c'est notre capitale historique en Syrie – et je m'y trouvais moi-même pour des affaires politiques. Je me rappelle le soir où Tékochine est passée me voir en coup de vent pour m'embrasser et m'annoncer qu'elle faisait mouvement dans la nuit pour gagner le Shingal dans les plus brefs délais : "Bérivan, m'a-t-elle lancé, les terroristes viennent d'attaquer les Yézidis ; ils n'ont pas grand-chose pour se défendre et nous avons ordre de leur porter secours ; on va essayer d'ouvrir un corridor vers la Syrie pour en sauver le plus possible. Le commandement de l'opération a été confié à Qaraman. Je reviendrai te voir quand ce sera terminé." Je me souviens lui avoir demandé : "Mais, bon sang, que font les Peshmergas d'Irak ? Ce sont eux qui devaient protéger les Yézidis, non ?" Elle m'a répondu : "On dirait bien qu'ils ont fichu le camp comme des lapins…" »

J'interrompis Bérivan : « J'ai lu dans ma documentation que ces Peshmergas s'étaient littéralement enfuis, terrorisés par la cruauté des djihadistes…

— Ce n'est pas la page la plus glorieuse de notre histoire », maugréa-t-elle en baissant les yeux – et il me sembla que son visage se faisait plus pâle et nacré qu'à l'ordinaire : « Que des combattants kurdes comme les Peshmergas d'Irak aient pu abandonner des civils kurdes comme les Yézidis est incompréhensible pour nous autres Qadros ; c'est un déshonneur absolu. Quoi qu'il en soit, Tékochine est partie avec son bataillon…

— Bérivan, je ne voudrais pas vous couper sans cesse, mais avant d'aller plus loin, parlez-moi d'elle, s'il vous plaît ; j'ai besoin de savoir d'abord qui elle était vraiment… sa personnalité, si vous préférez. Je comprendrais mieux les choses ensuite. Pour Gulistan on verra un peu plus tard. »

Bérivan leva la main comme pour s'excuser : « Pardonnez-moi d'être allée trop vite. Ce dont je peux vous assurer en premier lieu – et c'est bien le plus important à mon avis – c'est que Tékochine était… à part… oui, véritablement à part, différente de tout le monde, si vous préférez. Je ne sais pas comment ce genre de choses arrivent, ni si on peut les expliquer, ni si cela revêt une signification quelconque concernant la nature humaine – tout cela est plein de mystères pour moi – je me borne juste à constater un fait : Tékochine ne ressemblait à absolument personne. Qu'elle soit devenue l'une des héroïnes de notre révolution était sans doute son destin naturel. Voilà, madame Casanova : vous vous lancez sur les traces d'une femme hors normes ; ça risque d'être comme une course, j'espère que vous en avez conscience ? »

J'en avais conscience. Et je me sentais de plus en plus troublée à l'idée que mon boss était le maître d'œuvre de cette course. Je me secouai et demandai : « Comment résumeriez-vous cette différence ? »

Bérivan prit de longues secondes avant de répondre, le regard manifestement plongé à l'intérieur d'elle-même. Puis, elle répéta : « Résumer cette différence ? Eh bien, disons que Tékochine faisait partie de ces gens très rares qui refusent d'accorder la moindre importance aux objets matériels pour mieux se soucier à chaque instant des conséquences de leurs actes. Vous comprenez ce que j'entends par là ? »

Je me sentis très impressionnée : ce discours me renvoyait de manière stupéfiante à ce que racontait le vieux Ted Singleton – mon collègue du *Sydney Match* si mystérieusement volatilisé – à propos de ce lieutenant Wells sur lequel il avait enquêté avant d'écrire son livre ; n'avait-il pas soutenu la même chose concernant ce singulier personnage ? Qu'on ne pouvait le comparer à personne puisqu'il n'avait en tête que le souci de ses actes ? Je devais bien reconnaître que quelqu'un qui va au bout de lui-même au point de faire sombrer son navire pour le punir d'une ignominie commise vis-à-vis de naufragés en perdition, est foncièrement différent de tout le monde.

Wells et Tékochine… Se pouvait-il que des gens qui ne se sont jamais rencontrés et sont si éloignés culturellement, se ressemblent à un tel point ? Je veux dire :

spirituellement. Wells et Tékochine… Ces deux-là me donnaient soudain envie de leur ressembler. Drôle de désir, me dis-je fugitivement – me rendant compte en même temps que j'en aurais de toute façon été incapable. Cette certitude me perturba si fort que je dus à nouveau me secouer pour parvenir à murmurer : « Bien sûr, Bérivan, je vois ce que vous entendez par là ; ça dit beaucoup de choses sur Tékochine, naturellement.

— J'ignore comment tout ça a pu se construire en elle ; ce ne pouvait pas être sa famille puisqu'elle ne l'a jamais connue, ni l'orphelinat où elle a été élevée ; mais elle lisait beaucoup.

— Ah, dis-je, prodigieusement intéressée, elle lisait beaucoup…

— Toutes sortes de livres. En arabe le plus souvent – les traductions kurdes manquent, vous imaginez bien. Elle s'était fait une vision du monde assez particulière avec ces lectures, c'est certain ; je peux vous en donner un résumé très précis, parce qu'un jour elle m'a dit textuellement : "Bérivan, tu sais ce que je vois quand je regarde nos sociétés ? Rien qu'une assemblée de bêtes féroces." Et comme je restais sans voix, un peu stupéfaite tout de même par ce raccourci, elle a ajouté : "Et le monde lui-même ne ressemble-t-il pas à un gigantesque asile de fous ?" Vous commencez à comprendre un peu mieux qui était Tékochine, madame Casanova ?

— De mieux en mieux, Bérivan. Je crois qu'elle va bien me plaire…

— En tout cas, elle a rejoint très jeune notre révolution. Elle aimait défendre sa patrie, la démocratie, notre égalité avec les hommes, toutes ces choses, mais surtout, elle ne plaçait rien au-dessus de la liberté. Rien, vous comprenez ? » Je dis un peu bêtement : « Rien au-dessus de la liberté, bien sûr, c'est logique, c'est la révolution… » Bérivan secoua la tête de consternation en me regardant presque sévèrement : « Sauf votre respect, madame Casanova, vous ne connaissez rien à ces choses-là. Comment pourriez-vous, d'ailleurs ? Chez vous en Occident les libertés disparaissent petit à petit mais ce n'est pas par la force d'un destin contraire comme chez nous ; c'est seulement parce qu'il y a en vous une érosion de la volonté de vivre libre. Cela ne ferait-il pas de vous des sortes d'animaux domestiques ? Disons que Tékochine était un animal sauvage ; je crois savoir qu'il y en avait beaucoup chez vous autrefois. »

Me sentant complètement perdue sur le terrain où m'entraînait Bérivan, je me contentai de répéter : « Tékochine ne plaçait rien au-dessus de la liberté, c'est parfait ; c'est tout ce que je veux retenir. Pour elle, la révolution venait seulement après, ça me va très bien… » Et changeant de sujet pour retrouver un peu de sérénité, je dis : « J'ai bien saisi l'essentiel, Bérivan. Passons à autre chose si vous le voulez bien : physiquement, comment était-elle ? Je ne possède que cette mauvaise photo que je vous ai montrée ; on la distingue mal et il faut que je puisse bien la décrire.

— Oh, le physique n'avait guère d'importance pour elle – comme pour nous toutes, les Qadros ; et je vous en dirai autant tout à l'heure quand nous parlerons de Gulistan… Mais si vous voulez vraiment savoir, je dirais, pour résumer, là aussi, que Tékochine avait une forme de beauté particulièrement... farouche – surtout dans sa tenue camouflée ; ça ne vous surprend pas, j'imagine ? »

Je me mis à rire : « Pas vraiment, bien sûr, le contraire aurait été étonnant... Je commence à voir Tékochine comme si elle se trouvait devant moi. Elle devient vivante – c'est déroutant d'ailleurs. Mais continuez s'il vous plaît.

— Que dire de plus ? Elle possédait des yeux très noirs qui regardaient tout en face, et une démarche singulière, dure et souple à la fois – très spéciale, qui lui appartenait en propre. Elle marquait les esprits par l'énergie vitale qu'elle dégageait : lorsqu'elle entrait dans une pièce, on avait l'impression qu'elle occupait d'un coup tout l'espace disponible – et pourtant, elle se montrait toujours d'une grande modestie sans jamais chercher à se faire remarquer. Mais personne n'aurait osé lui manquer de respect pour cette raison ou parce qu'elle se voulait aimable et amicale avec chacun ; elle souriait sans arrêt, d'ailleurs – c'est impressionnant quelqu'un qui sourit en toute circonstance – et commandait ses filles avec une bienveillance dont vous n'avez pas idée. Au combat, elle se montrait toujours brave, bien sûr, aimant l'effort et l'insécurité, tout ce qui demandait de l'énergie et de l'audace, mais son goût pour le risque et le danger était sans témérité.

— J'imagine que ses Yapajas l'adoraient, fis-je avec une pointe de jalousie qui me surprit.

— C'était davantage que cela : viscéral. Ses combattantes lui obéissaient par dévouement plus que par discipline ; toutes se seraient fait tuer pour elle plutôt que pour la cause – ce qui était quand même gênant… Mais Tékochine n'y pouvait rien et elle-même aurait offert sa vie pour n'importe laquelle de ses filles. Vous savez, dans nos bataillons féminins, les commandantes sont un peu les mères de leurs Yapajas. Elles vivent ensemble pendant des années comme dans des couvents militarisés, sans beaucoup voir leurs familles – parfois elles n'en ont même plus – et la mort est toujours présente, familière et mauvaise, éclaircissant sans cesse les rangs ; tout cela crée des liens impossibles à comprendre si on n'a pas vécu soi-même ce genre d'expérience. À bien des reprises, j'ai vu Tékochine pleurer les filles qu'elle perdait au combat – et chaque fois, c'était comme si on lui arrachait un morceau d'elle-même. Un jour, elle m'a dit : "Même si je survis à tout ça, je crois bien que je finirai entièrement désossée…" Pouvez-vous imaginer ce que signifie une pensée de ce genre, l'état psychologique dans lequel se trouve plongée la personne qui en est habitée ? Il y a là-dedans quelque chose d'épouvantable, voyez-vous – et cela met à nu ce que nous sommes. »

Bérivan se servit une tasse de thé – nous avions décidé d'abandonner le Black Bourbon afin de ne pas nous égarer – et poursuivit : « Pour le reste, Tékochine était très grande de taille pour une Kurde, et mince aussi, mais solide – ah, ça, elle avait un corps endurant, qui résistait à tout ; elle pouvait se priver d'eau et de nourriture pendant de longues périodes quand elle était en opération. Sa seule coquetterie, c'était de porter des cheveux courts contrairement à la plupart d'entre nous. Elle aimait accentuer ses allures de garçon manqué pour mieux tenir tête aux hommes quand elle avait des problèmes avec eux. Vous savez que chez nous, l'égalité des sexes est réelle, mais ne croyez surtout pas que ça s'est fait tout seul – ou que cela nous a été offert sur un plateau. Nous avons dû nous imposer. Certes, les hommes nous ont laissées faire, mais à chaque instant nous devons leur montrer que nous les valons pour tout, même et surtout sur le champ de bataille. Pour ça aussi on pouvait compter sur Tékochine. »

Elle fit une nouvelle pause, soupira, et conclut par ces mots : « Ce rapide portrait vous satisfait-il, madame Casanova ?

— J'aimerais mieux que vous m'appeliez Rachel ; je vous appelle Bérivan, après tout...

— Je vous appellerai donc Rachel désormais. Alors ?

— Alors, je comprends de mieux en mieux Tékochine. Et je la vois. Je vais finir par m'y attacher – mais c'est peut-être la règle du jeu. Que s'est-il passé ensuite ?

— Je vous l'ai dit : elle est partie dans le Shingal à la tête de son bataillon – et c'est là-bas qu'elle a rencontré Gulistan ; rencontrer n'est d'ailleurs pas le bon terme ; je devrais plutôt parler de... résurrection...

— Ah ? Résurrection ? fis-je, surprise.

— Vous allez en juger par vous-même. Voilà comment les choses se sont passées. Lorsque Tékochine est arrivée à la frontière du Shingal le lendemain de son départ de Qamichli, la situation des Yézidis était désespérée depuis déjà plusieurs jours. Son bataillon a été immédiatement engagé contre les éléments djihadistes qui se trouvaient les plus enfoncés à l'intérieur du territoire irakien ; ces gens-là avaient déjà commencé le massacre systématique des Yézidis et traînaient derrière eux les milliers de femmes qui allaient leur servir d'esclaves sexuelles – la presse a assez commenté ces horreurs pour que je ne m'étende pas là-dessus. Les combats ont été effrayants, surtout avec la chaleur immonde qui régnait à ce moment-là – Tékochine m'a raconté par la suite combien elles avaient eu soif, et faim aussi, dans cette steppe aride, personne n'ayant eu le temps d'assurer les lignes d'approvisionnement ; mais bon, disait-elle, c'était comme ça et il eût été malvenu de se plaindre. Donc, les pertes étaient lourdes des deux côtés et il était presque impossible d'évacuer les blessés dans de bonnes conditions, faute de véhicules, ni même de les soigner correctement. Nous étions démunis de tout à cette époque. Je vous laisse imaginer les souffrances que cela engendrait, les sacrifices, tout le reste… Si vous saviez réellement – je veux dire : si vous saviez dans votre chair – ce qu'est un poste de recueil de blessés en pleine bataille, vous diriez en bonne journaliste que c'est quelque chose qui ressemble à l'enfer si celui-ci existe, et que Dante n'avait rien vu : des corps déchiquetés, mais encore chauds et vivants, taraudés de douleurs abominables, criant et hurlant, concentré ignoble de souffrance – la véritable souffrance, n'est-ce pas, celle des chairs mises à nu par l'acier. Voilà, c'est comme ça que ça se passait… »

Bérivan but un peu de thé, les yeux dans le vide, lentement, avant de reprendre d'une voix presque inaudible :

« Il y a encore une autre souffrance qui parachève toutes celles dont je viens de vous parler, Rachel. Écoutez ceci : j'avais un ami autrefois qui était veuf et n'avait qu'un fils. Ce fils se nommait Redul et venait d'avoir vingt ans. C'était un Yapagué parmi tant d'autres, ni plus ni moins vaillant que ses camarades, mais qui voulait devenir Qadro. Mon ami s'appelait Hassan ; il tenait à son fils plus qu'à lui-même et le suppliait sans cesse de ne pas s'exposer plus qu'il n'était nécessaire ; chaque fois qu'une bataille commençait, ses mains se mettaient à trembler littéralement sans qu'il puisse s'en empêcher – c'était terrible à voir et je suppose qu'il tremblait encore la nuit quand je ne pouvais plus le voir. Il ne redevenait lui-même que lorsque son fils téléphonait pour lui apprendre que la bataille était achevée ou qu'il repartait pour l'arrière, ou encore qu'il venait de bénéficier d'une permission. Un jour, ce n'est pas son fils qui l'a appelé, mais l'un de ses camarades : Redul avait été blessé deux jours plus tôt et se trouvait maintenant à l'hôpital d'Hassaké – une ville qui se situe dans l'est du Rojava. Il se précipita là-bas. Quand je m'y suis rendue moi-même pour le réconforter, j'ai pleuré comme le jour où ce djihadiste de malheur a répondu sur le téléphone de ma sœur qu'il lui avait tranché la tête : Redul était allongé sur une civière car on avait manqué de lits pour tous les blessés. Il y avait du sang partout, son corps était couvert de pansements ; il avait fallu lui amputer la jambe droite au-dessus du genou, l'autre jambe un peu plus haut encore, et son bras gauche au niveau du coude. Sa figure était celle d'un vieillard. De sa main droite – tout ce qui lui restait de ses quatre membres – il serrait celle de son père penché sur lui ; et le tableau qu'offraient ces deux hommes, ce père et ce fils réunis dans la souffrance, était épouvantable, voyez-vous, parce que je ne parvenais pas à reconnaître leurs visages. Celui d'Hassan avait une expression de tragédie absolue ; et les yeux… ah, ces yeux d'Hassan fixant son fils, je ne les oublierai jamais… »

Bérivan s'interrompit soudain, à la façon d'une lumière qu'on éteint – c'était très étrange ; mais, plus encore, affreux. Elle paraissait épuisée par le récit de ce souvenir. Je ne savais que faire. Mais elle reprit très vite : « J'en ai trop dit sur ce qui est à l'intérieur de moi, Rachel ; je me suis égarée – revenons à cette bataille du Shingal… Finalement, le général Qaraman a pu sécuriser un étroit corridor vers la Syrie après avoir bousculé plusieurs unités djihadistes. C'est là qu'il a reçu une balle dans la jambe – vous verrez qu'il boite quand vous le rencontrerez dans les montagnes de Qandil. Néanmoins, il est parvenu à organiser l'évacuation des Yézidis qui avaient survécu, et à les mettre à l'abri chez nous, de l'autre côté de la frontière. Hélas, les choses tournaient mal sur ses arrières ; l'ennemi commençait à recevoir des renforts et se ressaisissait – et c'est un ennemi redoutable, croyez-moi, toujours prêt à mourir pour son Dieu. Alors, Qaraman a confié la mission la plus périlleuse qui soit à Tékochine : assurer la sécurité du retour vers la Syrie du gros de nos troupes en retardant l'avance des islamistes. Redoutable responsabilité… Parce que ces derniers avaient été rendus fous furieux par l'intervention de nos Yapagués et Yapajas. Tékochine a donc pris le commandement de l'arrière-garde et fait de son mieux. Elle a perdu beaucoup de monde en faisant retraite de village en village, mais partout elle montait des embuscades retardatrices qui fonctionnaient à merveille. C'est là qu'un jour, dans un village du nom de Tel Asir, elle a découvert un charnier datant de trois ou quatre jours : une centaine de cadavres entassés pêle-mêle dans un ravin. Les djihadistes y avaient massacré tout ce qu'ils avaient pu d'hommes, de femmes et d'enfants sans prendre la peine de jeter la moindre pelletée de terre sur leurs corps – mais peut-être avaient-ils dû fuir en hâte sous la pression de nos combattants, allez savoir… Dans une ferme toute proche, les Yapajas de Tékochine ont trouvé des dizaines d'autres civils, tous atrocement suppliciés et abandonnés là où on les avait massacrés : dans les pièces des maisons, les granges, les enclos, partout. Une horreur. Naturellement, Tékochine a voulu enterrer ces malheureux quelle que soit l'urgence de sa situation. Ses Yapajas ont commencé à creuser une grande tombe commune – faute de temps pour faire mieux – et à envelopper les corps dans tout ce qu'elles pouvaient trouver de linges dans les habitations. C'est là qu'il y a eu une forme de prodige – la résurrection dont je parlais tout à l'heure, Rachel. Au moment où elles allaient achever ce pénible travail, une forme humaine a surgi de sous un appentis où elle avait trouvé refuge depuis des jours ; c'était une jeune fille de dix-sept ans, blessée d'une balle à l'épaule, sale, en guenilles, affamée et déshydratée au dernier degré : Gulistan. »

Bérivan resservit du thé dans nos tasses, le front plissé de rides. Une veine très bleue battait à toute vitesse sur l'une de ses tempes. Je compris, très émue, que ce qu'elle venait de raconter l'avait profondément marquée autrefois. Elle répéta : « Gulistan la Yézidie… » Puis, après un instant de silence : « Elle avait pu échapper par miracle aux islamistes. Elle ressuscitait en quelque sorte des morts – et je vous assure que Tékochine a vécu les choses de cette manière lorsqu'elle s'est penchée sur cette gamine pour s'assurer de ce miracle. »

Je murmurai : « C'est ainsi qu'elles se sont connues, alors ? De cette manière… atroce ? » Bérivan tourna la tête vers moi mais ne prit pas la peine de répondre, expliquant simplement : « Les djihadistes étaient arrivés dans le village cinq jours plus tôt ; ils avaient aussitôt assassiné tous les hommes présents et violé les femmes qui leur plaisaient ; ensuite, ils avaient entassé celles-ci dans les camions destinés à les emmener dans leurs marchés aux esclaves. Les habitants qui ne présentaient aucun intérêt s'étaient vu traînés vers le ravin et fusillés les uns après les autres. Dès le début de la tuerie, Gulistan avait assisté au pire : le massacre sous ses yeux de ses parents, de ses trois frères et de ses deux jeunes sœurs ; les islamistes les avaient rassemblés dans la pièce principale de leur ferme et s'étaient amusés à les égorger le plus férocement possible, un par un. Elle m'a raconté plus tard que le cauchemar qui la hantait chaque nuit depuis cette époque était toujours le même : la vision abominable des djihadistes finissant de trancher les têtes de tous les membres de sa famille en hurlant de joie… Vous êtes toute pâle, Rachel…

— Pas du tout, Bérivan ; continuez, s'il vous plaît.

— La suite est tout aussi horrible. Gulistan et sa grande sœur avaient été épargnées parce qu'elles étaient suffisamment jolies pour devenir des esclaves sexuelles. Comme toutes les autres jeunes femmes, elles avaient d'abord été violées à plusieurs reprises, implacablement, sans pitié et sans rémission ; mais Gulistan s'était tellement débattue, mordant, griffant et crachant, qu'à la fin, un djihadiste excédé l'avait abattue d'un coup de pistolet hâtif sans s'occuper de bien savoir s'il l'avait tuée ou non – il avait d'autres femmes à prendre. Alors, tandis qu'on emmenait sa sœur hurlant de terreur vers les camions et qu'on ne lui prêtait plus attention, elle avait rampé sous l'appentis où elle s'était évanouie – ne se réveillant qu'au milieu de la nuit suivante, tremblante de fièvre, assoiffée et paniquée. Elle n'avait plus entendu aucun bruit, mais ne s'était pas risquée à sortir de son abri. Elle avait juste eu la présence d'esprit de déchirer un morceau de sa robe et de s'en servir comme pansement de fortune pour sa blessure à l'épaule, se disant que si elle devait mourir là, elle l'acceptait volontiers – et que de toute façon, elle préférait mourir là, ayant tout perdu. Trois jours avaient passé, dont elle ne se souvenait plus, entre fièvre, délire et tourment. Et puis, Tékochine et ses Yapajas étaient arrivées. »

## CHAPITRE IX

Un long silence suivit la dernière phrase de Bérivan ; je n'osais faire le moindre bruit ni poser la moindre question, de peur de rompre quelque chose d'infiniment fragile – que j'aurais été bien en peine de définir. J'avais le sentiment que tout le malheur de Gulistan – cette inconnue que je n'avais jamais rencontrée mais qui me paraissait si proche – était d'une certaine manière devenu le mien. Je regardai à travers les rideaux tirés de l'appartement ; le soleil semblait encore haut dans le ciel. Je demandai doucement :

« Et ensuite, Bérivan ? »

« La femme qui ne sourit jamais » parut sortir d'une morne torpeur et murmura : « La blessure de Gulistan était peu profonde ; elle avait eu beaucoup de chance – mais bien des destins ne s'expliquent-ils pas par la chance, Rachel ? La balle avait pénétré l'épaule en séton sans causer trop de dégâts. Tékochine fit soigner la plaie du mieux qu'elle put et décida de garder Gulistan sous sa protection jusqu'au retour de son bataillon à Qamichli. C'est à ce moment-là, quand l'opération du corridor de Shingal a été achevée, que j'ai rencontré à mon tour

Gulistan. Comme je sais ce que vous allez me demander, je vais vous la décrire tout de suite et de mon mieux – ou plutôt, je vais essayer de vous apprendre qui elle était. »

J'adressai un sourire de reconnaissance à Bérivan : « Vous commencez à me connaître… »

Elle parut s'amuser de ma remarque, mais comme toujours uniquement de l'intérieur – rien n'avait transparu sur son visage. Déjà, elle reprenait son récit : « Au physique, Gulistan était une femme plutôt petite et maigre, avec des cheveux dorés et des yeux très bleus hérités à coup sûr des chrétiens ayant occupé la Syrie autrefois. Le contraste était remarquable avec les autres Yapajas ; nous sommes toutes brunes aux yeux noirs, n'est-ce pas ? Ce qui me frappa le plus quand je la découvris, ce fut le mélange de tristesse et de colère qui partageait son visage ; c'était étonnant ce visage en deux parties. Je n'avais jamais vu ça. C'était parfaitement inhabituel… Quand on connaissait l'histoire de Gulistan, on ne pouvait plus douter d'une chose ensuite : les gens honnêtes portent ce qu'ils sont sur leur figure. »

Ce commentaire presque ingénu me fit sourire. Je répliquai : « Si seulement vous pouviez dire vrai, Bérivan… Le mensonge serait alors… comment dire… bien embêté… Mais poursuivez, je vous prie.

— Le mensonge bien embêté ? Vous m'êtes de plus en plus sympathique, Rachel. Il faudra que nous reparlions de ça un jour. Dans l'immédiat, sachez que dès son arrivée à Qamichli, Gulistan a demandé à s'engager chez les Yapajas – et nulle part ailleurs que dans le bataillon de Tékochine, bien entendu. Ce fut toute une histoire. À l'état-major, ils ne voulurent pas, tout d'abord, accéder à cette requête – ce n'est pas l'usage d'entrer directement dans une unité constituée sans passer par l'une de nos académies militaires. Tékochine a dû se crêper le chignon – c'est une expression de chez vous, je crois – avec la grande commandante des Yapajas, la camarade Fauza, qui ne voulait rien savoir. Ces deux-là se détestaient cordialement ; Fauza voyait d'un mauvais œil l'ascension de Tékochine et l'aura qui l'entourait. Peu importe… Tékochine a fini par gagner en demandant l'arbitrage de Qaraman et en faisant intervenir les chefs de nos organisations politiques.

— Un passe-droit, alors ? »

Bérivan ne se démonta pas : « Un passe-droit, effectivement. Mais dans un cas comme celui-ci, pourquoi pas ? Personne n'était lésé. En tout cas, tout le monde a senti dans le bataillon de Tékochine que quelque chose de peu commun commençait à naître entre elle et Gulistan – et vous allez voir que les épreuves qu'elles ont endurées par la suite, au cours de la célèbre bataille de Kobané, ne pouvaient que renforcer de manière définitive ce lien mystérieux. C'est à partir de là, je crois, que le terme de "sœurs d'armes" a été employé chez nous pour désigner une certaine forme de fusion entre combattantes. Pour finir, il faut que vous sachiez ceci : jusqu'à sa mort, Gulistan a parlé chaque jour – je dis bien chaque jour – de ce qui faisait le but de son existence : retrouver sa grande sœur et venger le reste de sa famille. En ce qui concerne ce dernier point, elle a réussi au-delà du possible – Daech a payé le prix du sang par sa main ; mais pour ce qui est de retrouver sa sœur – cette quête qui la consumait de l'intérieur – elle n'a pas pu y parvenir : nul n'a jamais su ce qu'elle était devenue. »

Bérivan se leva et annonça : « Nous allons faire une pause. Tous ces souvenirs me tourmentent. Restez ici, reposez-vous, je reviendrai dans un moment. »

Une heure passa ; le soleil baissait derrière les rideaux tirés, les rumeurs de la ville diminuaient avec le soir qui approchait, et je méditais ce que je venais d'entendre. Tout continuait à me dérouter ; surtout cet univers de violence dans lequel j'entrais peu à peu ; il me laissait entendre avec cruauté que je n'avais encore rien compris de la façon dont marchait le monde. Sans le savoir, j'en avais toujours habité la part protégée.

Je fermai longuement les yeux. J'étais ailleurs, je me sentais différente, j'étais bien. Tous les gens que je rencontrais dans ce voyage – ceux que j'avais en face de moi comme ceux dont on me parlait avec ferveur – me semblaient être des gens remarquables par leur vérité, non qu'ils fussent meilleurs que ceux que j'avais connus jusqu'alors, mais parce que les circonstances de l'existence et les tragédies de l'histoire les avaient débarrassés de toute gangue inutile, de tout faux-semblant, de toute supercherie, pour les laisser véritablement nus, leur être mis à vif, tel qu'en lui-même.

Bientôt Bérivan réapparut et se rassit en tailleur face à moi ; les cernes sous ses yeux s'étaient agrandis, creusant la profondeur de ses orbites ; les deux brasiers de son regard étaient toujours aussi fascinants.

Le jour s'en allait doucement, la nuit s'apprêtait à tomber, et nous n'avions sans doute plus que quelques heures à passer ensemble. « J'ai téléphoné aux camarades, annonça « la femme qui ne sourit jamais ». Une voiture viendra vous chercher demain matin à 6 heures : soyez ponctuelle – et emportez peu de bagages, vous n'aurez besoin de rien. Un homme conduira la voiture, un autre vous escortera. Ils s'appellent Diljuar et Hovan : des Yapagués grièvement blessés il y a quelques années, l'un à Manbij, l'autre à Tel Tamar. Ils ne peuvent plus mener bataille mais sont encore bien utiles et dévoués ; faites ce qu'ils vous diront. Après deux jours de voyage vous serez dans les montagnes de Qandil. Le général Qaraman vous y attend. »

## CHAPITRE X

Ces considérations pratiques achevées – comme si de rien n'était, alors que Bérivan venait tout de même d'organiser mon passage clandestin vers l'une des guérillas les plus secrètes qui soient – elle reprit son récit : « Il faut que je vous raconte maintenant la grande bataille de Kobané et ce qui est arrivé à Tékochine et Gulistan à ce moment-là. Cela relève de l'impensable – et pourtant. Je vais tenter de ne rien omettre et de vous dire les choses à ma manière, sans cacher nos émotions de cette époque… Voici : à peine un mois après le sauvetage des Yézidis, les djihadistes entreprirent de s'emparer de tout le canton de Kobané. Il faut savoir qu'à cette époque – nous sommes à l'automne 2014 – ce canton – comme celui d'Afrine plus à l'ouest – était complètement isolé du reste du Rojava. À vrai dire, il était même complètement encerclé ; de surcroît, tout est plat chez nous, vous avez pu le constater de vos propres yeux – pas même une montagne pour s'y réfugier en cas de malheur… Nous avions les Turcs au nord – qui, à la première occasion franchiraient la frontière pour nous massacrer, ce qui n'allait pas tarder – et à l'est comme à l'ouest et au sud, divers groupes islamistes qui étaient en train de se regrouper pour devenir Daech. Ces gens-là disposaient d'un armement considérable ; ils l'avaient récupéré à Mossoul en s'emparant de la ville deux mois plus tôt. Ils possédaient un nombre impressionnant de blindés et de canons. Notre situation n'était pas brillante.

« Vers le mois de septembre, les islamistes se sont lancés à l'assaut en nous attaquant de tous les côtés à la fois. C'était l'hallali ; nos ennemis proclamaient qu'ils allaient nous exterminer, notre population était terrorisée. Les gens fuyaient où ils pouvaient. Nos combattants se défendirent avec un acharnement dont vous n'avez pas idée ; mais ils ne purent tenir longtemps dans la plaine à un contre dix, face aux chars et à l'artillerie qui les canonnaient sans répit, souvent appuyés par l'aviation turque – celle-là nous bombardait partout et sans relâche. Nos bataillons étaient en débris, le moral faiblissait, le monde entier se désintéressait de notre sort. La situation devenait désespérée : nous avions quantité de tués et de blessés, les vivres et l'eau se faisaient rares, les munitions commençaient à manquer ; alors, Qaraman et nos autres généraux, comme Tulin Clara et surtout Mazlum, notre général en chef, décidèrent de jouer le tout pour le tout : ils ordonnèrent à ce qui restait de nos troupes dans le canton de Kobané – trois mille hommes et femmes tout au plus – de s'enfermer dans la ville elle-même afin de mener désormais le combat en milieu urbain. Dans ces cas-là, l'artillerie et les blindés sont moins efficaces et peuvent être plus facilement détruits par des hommes déterminés. Il fallait vaincre coûte que coûte. La plaine était perdue, la ville pouvait tenir – du secours viendrait peut-être de l'extérieur.

« L'essentiel de la population fut évacué vers les zones kurdes de Turquie, et bientôt commença ce que la presse mondiale allait appeler "le Stalingrad kurde". Car cette bataille, nous allions finir par la gagner – après 135 jours de siège et beaucoup de sacrifices. Moi qui les ai vécus, je peux vous assurer que ce furent 135 jours d'horreur et de malheur, de fureur et d'épouvante, de bruits et de désordres. Jusqu'à la fin, nous ne pouvions être certains de gagner – mais ce furent 135 jours qui ont renversé le cours de notre histoire.

« Comme tous nos autres bataillons, celui de Tékochine fit des miracles et subit de lourdes pertes ; au début de la bataille, Tékochine fut chargée de retarder l'avance ennemie dans le secteur sud de la ville. C'était encore le moment où Daech avançait comme un rouleau compresseur avec ses chars, ses blindés et ses milliers de combattants – de vrais barbares, hurlant sans cesse et vociférant à la moindre occasion ; les entendre et les voir ne serait-ce que cinq minutes, c'était comprendre en une seule fois ce que peut être la sauvagerie humaine : il y avait là des Tchétchènes arrivés en masse de Russie, des Ouïghours venus de Chine, des Saoudiens, des Pakistanais, toutes sortes d'Européens et je ne sais quoi d'autres encore…

« Je me trouvais au nord de Kobané, près de l'hôpital principal de la ville, à la lisière de la frontière turque ; nous avions installé le noyau principal de notre direction politique dans les caves d'un grand bâtiment, organisant de notre mieux les aspects civils de la bataille ; autour de nous, la ville n'était plus qu'un monceau de ruines et ces ruines fumaient comme des cheminées de volcans au milieu d'incendies qui s'éteignaient d'eux-mêmes après avoir consumé tout ce qui pouvait l'être. Il y avait d'innombrables cadavres, souvent déchiquetés, qui bientôt puaient, faute de pouvoir être tous enterrés.

« J'écoutais les échanges radio de nos unités avec l'angoisse que vous imaginez ; ces messages étaient un condensé de stress absolu… Tant de camarades morts chaque jour, tant de blessés que nous pouvions à peine soigner, le sentiment constant de notre impuissance… Tout était pathétique, la tristesse se trouvait partout, et infernal était le bruit de la guerre – les gens devraient savoir que la guerre c'est d'abord un bruit immense comme il ne peut en exister autrement.

« Je vais vous dire autre chose, Rachel : la nuit, quand nous cherchions le sommeil, mes camarades et moi, allongées sur de mauvaises paillasses dans des ténèbres traversées par les guirlandes rouges des balles traçantes, quand nous ne savions pas si le jour nous trouverait mortes ou vivantes, ou blessées et souffrant abominablement, les questions qui ont ressurgi en moi étaient celles de mon adolescence, sur l'absurdité du monde et ses malheurs sur le Bien et le Mal. Rachel, j'espère que vous n'êtes pas en train de vous moquer de moi en vous-même – et ne dites rien, s'il vous plaît, j'ai du mal à revivre ces souvenirs ; si vous parliez je crois que cela les interromprait.

« Tékochine se battait avec vaillance ; elle et ses filles accomplissaient des miracles. Dans ces débuts de la bataille, elles reculaient rue par rue, ne cédant chaque mètre qu'après une résistance acharnée, contre-attaquant chaque fois qu'une ouverture se présentait, qu'un point faible s'ouvrait ; parfois même, elles regagnaient du terrain en enfonçant les premières lignes djihadistes par des assauts d'une audace sans nom. Je les ai entendues se battre au corps à corps, dans les caves et sur les toits, de maison en maison, souvent à la grenade, à la baïonnette parfois, attaquant les chars au lance-roquettes. Et tout cela pendant des semaines… Nos filles et nos garçons tenaient bon parce qu'ils défendaient leurs familles, notre pays, notre culture. C'est dans tout cela que nous puisions assez de forces pour ne pas défaillir.

« Quand arriva le mois de décembre, le bataillon de Tékochine était exsangue et éreinté. Il ne contrôlait plus qu'un petit secteur non loin du bâtiment où j'étais moi-même terrée avec mes camarades du bureau politique. Tékochine fut chargée de fusionner les débris de trois autres bataillons avec le sien pour constituer une nouvelle force d'assaut. Car un mince espoir nous était enfin venu du monde extérieur : la radio annonçait que les États-Unis et la France allaient intervenir avec leur aviation pour nous aider à prendre l'ascendant sur Daech ; cette nouvelle galvanisa nos dernières troupes : peut-être que rien n'était perdu. Ordre fut donné à Tékochine de contre-attaquer en direction de l'hôpital pour empêcher les djihadistes de s'en emparer et de massacrer nos blessés. Une fois cette mission remplie, elle devait sécuriser notre secteur et attendre l'appui aérien de nos nouveaux alliés occidentaux pour se lancer dans la reconquête de la ville avec toutes nos autres unités.

« La contre-attaque en direction de l'hôpital se heurta à une défense acharnée des islamistes. Tékochine se montra plus acharnée encore et parvint à les déborder pour s'emparer d'un bâtiment faisant verrou dans l'axe de l'hôpital. L'assaut avait été furieux et, d'où j'étais, par une meurtrière creusée dans le mur de notre salle de réunion, je voyais sans peine les cadavres qui s'amoncelaient dans les gravats, sur les trottoirs, et jusqu'au milieu de la rue. Tékochine annonça à la radio qu'elle allait se retrancher dans le bâtiment avec une dizaine de ses Yapajas et le tenir aussi longtemps que possible ; je me souviens que sa voix était essoufflée, hachée, pleine du stress du combat – c'était impressionnant et angoissant ; avec mes jumelles, je la vis installer plusieurs postes de défense à la hâte, qu'elle renforça de sacs de sable, de madriers, de plaques de tôle, de tout ce qui lui tombait sous la main dans les décombres de ce quartier. Il était à peu près midi ce jour-là. Elle fit aussi autre chose : elle renvoya Gulistan à l'arrière, dans un petit immeuble moins exposé situé à une trentaine de mètres du sien ; je suppose qu'elle voulait la protéger des terribles assauts auxquels elle s'attendait – et c'est à ce tout petit détail qu'elle a dû de vivre quelques années supplémentaires. Vous allez en juger par vous-même, Rachel, l'affaire est assez extraordinaire :

« Il ne s'était pas écoulé deux heures que les djihadistes parvinrent – on ne sait comment – à acheminer un canon vers leur première ligne, à moins de cent mètres du bâtiment où Tékochine avait pris position ; nous nous en aperçûmes trop tard : le premier obus prit tout le monde par surprise et frappa la façade de plein fouet, dans un jet de feu et de flammes extraordinaires, creusant un trou béant au niveau du premier étage. Un deuxième coup suivit presque immédiatement, d'une violence inouïe, puis un troisième au même endroit – et celui-là ébranla tellement la structure du bâtiment que sa partie centrale s'écroula tout entière, d'une manière affreusement lente, très étrange, mais dans un grondement de fin du monde ; c'était terrible car à ce grondement se mêlèrent presque aussitôt les cris abominables de nos camarades broyées par ces tonnes de béton ; c'étaient des cris inhumains qui cessaient d'un coup, les uns après les autres, quand la mort les étouffait. J'étais anéantie – et tous ceux qui avaient eu le malheur d'assister à la fin de Tékochine et de ses Yapajas l'étaient aussi.

« C'est alors que je vis une silhouette camouflée jaillir dans la rue et courir vers les lieux du drame ; une silhouette toute petite, à natte blonde, qui bondissait dans les gravats avec l'agilité d'un félin, kalachnikov dans le dos, grenades aux côtés : Gulistan. Des rafales de balles ennemies venues d'un peu partout se mirent à tracer des sillons meurtriers autour d'elle, la poursuivant avec une sorte de méchanceté mécanique et glaciale, mais en vain : aucune balle ne l'atteignit. Gulistan disparut au milieu des décombres du bâtiment qui venait de s'écrouler. Il en montait maintenant de tels nuages de poussière que tout était masqué à notre vue ; un grand silence suivit.

« L'adjointe de Tékochine était une fille boulotte et teigneuse, du nom de Nasrine Afrine – elle a été tuée un mois plus tard, le jour exact de la libération de Kobané, ce n'est vraiment pas de chance. Elle prit d'office le commandement du bataillon comme il est d'usage dans ces circonstances et décida d'ordonner une contre-attaque immédiate ; je l'entendis donner ses ordres à la radio avec une tension incroyable dans la voix – elle était devenue si aiguë qu'on peinait à la reconnaître. On sentait que l'idée d'une vengeance implacable l'habitait.

« À cet instant, un autre ordre tomba, venu de l'état-major : il fallait suspendre impérativement cet assaut et attendre quelques heures. On ne nous expliquait pas pourquoi, mais nous sommes très disciplinés ; Nasrine Afrine obéit sans discuter ; il devait y avoir de bonnes raisons à cet ordre incompréhensible – chez nous, on n'abandonne jamais des camarades en difficulté et on pouvait espérer trouver des survivants sous les décombres du bâtiment, même si les chances étaient infimes. On m'a raconté plus tard que Nasrine s'était accroupie près d'un mur, accrochée à son fusil, pour pleurer de désespoir.

« Le silence était revenu dans notre secteur – un silence qui paraissait plus menaçant encore que le fracas des batailles – quand un quart d'heure après les événements dont je viens de vous faire part, nous avons vu avec stupéfaction Gulistan surgir à nouveau dans la rue ; elle tentait de regagner nos lignes et, comme la première fois, courait à toute allure, bondissant de droite et de gauche dans le décor apocalyptique des amoncellements de gravats qui l'entouraient de toute part ; aucune balle ne chercha à la poursuivre : les islamistes avaient dû être aussi surpris que nous de la voir réapparaître... Bientôt, elle atteignit la position occupée par Nasrine Afrine, escalada promptement un muret, et se jeta dans ses bras ; elle apportait une nouvelle impensable qui allait faire le tour de tous les bataillons de Kobané en quelques minutes : Tékochine était vivante.

« Ne me demandez pas comment un tel miracle a pu être possible, Rachel – je n'ai aucune explication ; mais ce jour-là, dans le petit bâtiment mal protégé où je me terrais depuis des mois, pensant mourir chaque jour – et voyant tant de camarades mourir chaque jour – j'ai beaucoup médité sur ce miracle ; je me suis dit, comme tout le monde, que la vie était quelque chose d'infiniment fugace et sans cesse menacé par mille dangers, que la fragilité de nos corps était tout aussi infinie et que nous ne devrions vivre que très peu de temps ; mais contrairement à tout le monde, je me suis dit aussi que des choses mystérieuses qu'il serait vain de chercher à comprendre survenaient parfois dans nos existences pour nous rendre invulnérables. Les neuf Yapajas qui entouraient Tékochine avaient été écrasées sous les décombres de l'immeuble sans aucune chance de s'en sortir, mais elle-même s'était trouvée préservée par une inexplicable mécanique des lois de la physique : en s'effondrant, les dalles de béton s'étaient entremêlées de telle sorte qu'elles avaient laissé libre un minuscule espace entre elles, juste à la fin de leur chute – et c'est dans cet espace absolument improbable, à peine plus grand que son corps, que Tékochine s'était retrouvée prisonnière ; elle était meurtrie, contusionnée, bloquée de tous les côtés sans pouvoir bouger de plus de quelques centimètres, elle s'était évanouie un long moment, mais elle avait survécu. Gulistan avait appelé partout, inlassablement, et Tékochine avait fini par répondre ; Gulistan avait dégagé à la main des amoncellements de gravats, s'était faufilée entre des monceaux de béton, et Tékochine l'avait guidée vers elle de la voix ; Gulistan s'était finalement retrouvée dans un étroit boyau que la lumière atteignait à peine, sinistre et sinueux, dont les parois étaient constituées de poutrelles entremêlées de barres de fer, de blocs de ciment et de choses indéfinissables ; elle était parvenue à ramper jusqu'à Tékochine grâce à sa toute petite taille. Elle avait pu toucher l'épaule de sa commandante, son corps couvert de poussière, voir son visage méconnaissable et hagard comme s'il revenait de l'apocalypse – et sans doute s'agissait-il de quelque chose qui y ressemblait. Gulistan avait promis à Tékochine de revenir avec de l'eau et des vivres et elle reviendrait. »

Je ne pus m'empêcher de l'interrompre : « C'est invraisemblable quand même !

— Et pourtant…, dit Bérivan en haussant les épaules, ça s'est passé comme ça. Malheureusement, après la joie d'apprendre que Tékochine était vivante succéda la consternation – comment la sortir de sa prison alors que nous ne disposions d'aucun engin de déblaiement ? C'est à ce moment-là que le haut commandement confirma la nouvelle tant attendue : Américains, Français et Britanniques allaient enfin intervenir en notre faveur au sein d'une coalition internationale composée d'une vingtaine de pays ; une première frappe aérienne aurait lieu sous peu afin de desserrer l'étau dans notre secteur et sauver l'hôpital. Ce fut le second miracle de la journée ; je compris alors pourquoi l'état-major avait ordonné à Nasrine Afrine de suspendre sa contre-attaque.

« À 17 h 30 ce jour-là, les premières bombes venues du ciel tombèrent sur les positions des islamistes. Je n'aurais pas voulu être à leur place – nous qui avons appris à souffrir savions ce qu'ils enduraient. C'était l'enfer sur la terre, et cela ne nous mettait pas en joie ; le sol tremblait à chaque impact, répercutant les ondes de choc sur des kilomètres, ébranlant les murs des immeubles où nous nous trouvions, au risque de les faire s'effondrer. On n'entendait pratiquement pas les avions tellement ils volaient haut dans le ciel et seul le sifflement des bombes nous avertissait de leur présence quelques secondes avant qu'elles n'explosent. En quelques heures, le secteur de l'hôpital fut nettoyé et réoccupé par le bataillon de Tékochine. Le chaos était total, les rues jonchées de corps carbonisés ; on ne pouvait marcher nulle part sans se heurter à des têtes arrachées, des membres humains déchiquetés, des lambeaux de chair méconnaissables.

« Tout fut tenté pour déblayer l'accès au réduit retenant Tékochine prisonnière : à l'aide de pelles, de pioches, à la main. En vain. Il fallait absolument des engins de travaux publics, et il était impossible d'en trouver tant que la priorité demeurait la contre-attaque générale de tout ce qui nous restait de forces afin de chasser les djihadistes de Kobané.

« C'est Gulistan qui sauva Tékochine ; elle demanda l'autorisation de rester auprès de sa commandante pour s'occuper d'elle et l'obtint sans peine. Pendant sept longues journées – jusqu'à ce que la bataille se soit éloignée et que l'on ait enfin trouvé une grue en état de marche – elle rampa six fois par jour dans le boyau sans lumière pour lui apporter de l'eau et de la nourriture. Comme les bras de Tékochine étaient pris sous son corps, Gulistan lui versait l'eau dans la bouche avec sa gourde et la nourrissait à l'aide d'une cuillère, patiemment, à la lumière de sa torche. Elle passa aussi toutes ses nuits auprès d'elle pour ne pas la laisser seule dans les ténèbres, bloquée par ces masses affreuses de béton, au milieu des cauchemars qui la hantaient et du froid qui paralysait son corps – et le jour, elle restait encore à ses côtés pour lui parler sans cesse.

« Lorsque la grue arriva enfin et dégagea Tékochine de sa prison, Gulistan avait exactement la même apparence qu'elle, spectres ressuscités des enfers, et nul n'aurait pu les distinguer. »

# DEUXIÈME PARTIE

## *Raqqa – la victoire*

## CHAPITRE I

À l'heure dite, je descendis à la réception de l'auberge, partagée entre inquiétude et excitation, mes maigres bagages à la main, chaussée de bottes de marche – le voyage devait se faire en voiture, mais « sait-on jamais », avais-je pensé en m'habillant. C'était la première fois de mon existence que je m'engageais dans une telle aventure et – d'une manière assez confuse je dois dire – je voulais mettre toutes les chances de mon côté. D'autant que, depuis la veille, je prenais conscience avec tourment de quelque chose que je m'étais à l'évidence toujours caché : la grand-reporter Rachel Casanova, tête d'affiche du *Sydney Match*, n'avait au bout du compte jamais pris beaucoup de risques ni ne s'était véritablement engagée dans quelque cause que ce soit ; jusqu'à présent, je m'étais contentée de faire illusion dans un monde et à une époque où cela ne posait aucun problème. J'éprouvais à ce constat brutal une forme de culpabilité qui m'avait été jusqu'ici étrangère, et des regrets un peu honteux – eux aussi tout à fait nouveaux. C'était dérangeant. J'allais sur mes cinquante ans et je devais brutalement admettre que je n'avais pas fait grand-chose de mon existence et – pire, sans doute – savais à peine qui j'étais ; ce pourquoi mon esprit se trouvait quelque peu en désordre depuis la veille. À vrai dire, j'avais passé une nuit affreuse et très peu dormi. Jamais je n'aurais pensé que cette enquête sur les combattantes kurdes me mènerait sur de pareils rivages intérieurs ni dans des contrées aussi lointaines – me mettant en quelque sorte au pied du mur. Tous les personnages dont je croisais la route me poussaient dans mes retranchements par leur vérité abrupte et sans concession, exigeant d'une certaine manière que je leur réponde. C'était peut-être la chance de ma vie.

Entre les rêves et les cauchemars ayant hanté cette nuit quasiment initiatique, j'avais aussi échafaudé toutes sortes d'hypothèses sur ce qui pouvait arriver à une femme de mon âge jetée en pâture au destin. Car quoi : je m'apprêtais à partir pour des montagnes rebelles à toute autorité, sans cesse menacées par la guerre, des montagnes fermées à la plupart des étrangers et peuplées de maquisards irrédentistes dont plus personne n'avait idée ; tout cela était empli de mystère et sans doute de périls. J'entrais dans l'inconnu.

Dans l'escalier menant à la réception, il me revint à l'esprit une phrase lue dans les Mémoires de je ne sais plus quel écrivain qui assurait qu'il existait un lien consubstantiel entre existence et puissance : « Qu'il m'arrive n'importe quoi plutôt que rien », avait-il écrit quelque part. À l'époque, j'avais trouvé cette déclaration parfaitement incongrue. Comment pouvait-on être habité par une telle confiance en soi, une telle certitude quant à ce que pouvait offrir la vie ? Pouvait-on croire à ce point en son destin ? C'était idiot, c'était impossible – nous maîtrisions si peu de chose. Mais en descendant l'escalier de « l'Auberge des deux roses » – cet escalier qui grinçait à chaque pas comme pour avertir la terre entière de mon départ clandestin – je fus soudain certaine que cette confiance orgueilleuse et aveugle dans le destin relevait d'une impérieuse nécessité si l'on voulait faire sauter la sorte de verrou qui, toujours, empêchait l'existence d'atteindre son entière plénitude – cela au risque de se perdre. En étais-je capable ?

Comme je parvenais à la réception, la tête agitée par ces pensées, un homme d'une trentaine d'années passa la porte de l'auberge ; il était de taille moyenne, trapu, solide et très brun, la peau du visage presque noire, les traits fins. Sa démarche était celle d'un chat, son allure celle d'un animal aux aguets : tout en lui indiquait l'un des deux Yapagués dont avait parlé Bérivan Kobané. Il s'inclina légèrement et se contenta de dire : « Bonjour, madame Rachel, je suis Diljuar. La camarade Bérivan vous salue. Venez, ne tardons pas, la voiture est assez loin. »

Sans attendre de réponse, il prit mon sac de voyage en ajoutant : « La note de l'auberge sera réglée tout à l'heure par les gens de chez nous, ne vous préoccupez pas de cela. »

Ne sachant trop quoi répondre, je le remerciai d'un sourire et il passa devant moi. Avant de sortir, il chuchota : « Suivez-moi à quelques mètres de distance, je vous prie, comme si vous ne me connaissiez pas ; il faut être prudent. Les services secrets turcs sont très présents à Erbil. En aucune manière ils ne doivent savoir où nous vous emmenons. »

Vaguement impressionnée, je fis ce que ce Diljuar exigeait et lui emboîtai le pas dix mètres derrière lui. Tout était nouveau pour moi.

Malgré l'heure matinale, il faisait chaud et la poussière du sol, déjà, montait vers le ciel, poussée par un vent têtu. J'entendis au loin le chant d'un muezzin appelant à la prière. Les rues étaient presque vides mais encore pleines des odeurs de la veille, faites d'un mélange indéfinissable de musc, d'épices, de gasoil, d'autres choses encore que je ne parvenais pas à identifier. Diljuar marchait vite, passant de rue en rue sans jamais se retourner, paraissant suivre un itinéraire tout en zigzag mais précis ; il me sembla recroiser souvent notre route – et même parfois revenir sur nos pas par des itinéraires détournés. Je trouvais cela un peu exagéré mais me laissais porter. Qui étais-je, après tout, pour juger de la pertinence de ces mesures de sécurité ?

Vingt minutes s'écoulèrent ainsi ; puis nous débouchâmes dans une avenue très large, bordée d'immeubles en construction ; un rond-point coupait l'avenue, décoré d'une statue particulièrement laide, représentant un improbable chef-d'œuvre de l'art moderne kurde. Une voiture se présenta derrière nous, lentement, presque sans bruit ; c'était une voiture comme il en circulait des milliers au Kurdistan d'Irak, indistincte, couverte de poussière. Sa portière arrière droite s'ouvrit lorsqu'elle arriva à la hauteur de Diljuar qui me fit signe de me presser d'un geste de la main. J'accélérai le pas et me jetai sur la banquette tandis qu'il s'installait à côté du chauffeur ; celui-ci se retourna pour me saluer et je reçus le choc d'un visage épouvantable, semblable à celui d'une gargouille figée dans une sorte d'éclat de rire aussi démesuré qu'il était muet. J'eus du mal à réprimer un mouvement de terreur.

« C'est mon camarade Hovan, s'excusa Diljuar avec une mimique de tristesse ; nous étions tous les deux étudiants à la faculté de droit d'Alep avant de nous engager dans les Yapagués au début de la guerre ; il a été grièvement blessé à Tel Tamar en 2013 : une balle lui est entrée sous le cou avant de ressortir par l'oreille – elle a provoqué beaucoup de dégâts... Les chirurgiens n'ont rien pu faire pour empêcher la paralysie de sa figure et il est resté comme ça ; il ne peut pas nous entendre non plus et il est muet aussi. Hovan a beaucoup souffert, madame Rachel, et nous savons qu'il fait peur ; mais c'est le meilleur des hommes et il faut éviter de lui en vouloir. Il va être notre chauffeur et votre garde du corps ; si c'est nécessaire, il se fera tuer pour vous. Ce sont ses ordres. »

J'étais bien incapable de prononcer quelque parole que ce soit ; une nouvelle fois, je me dis que plus j'avançais dans mon enquête sur Tékochine et Gulistan, plus j'entrais dans une forme d'aventure humaine aussi sombre que mystérieuse, crépusculaire, même, dont je n'avais jamais soupçonné l'existence ; il me fallut une bonne minute pour me remettre de mes émotions et demander : « Et vous, Diljuar, vous avez été blessé aussi, d'après ce que m'a appris Bérivan ? »

La voiture avait pris de la vitesse et roulait de plus en plus vite dans la direction du soleil, manifestement vers la sortie Est de la ville – c'était la direction des montagnes de Qandil. Diljuar dodelina de la tête avant de répondre : « Oh, moi… J'ai juste quelques éclats de roquette un peu partout dans le corps. C'était à Manbij pendant l'été 2016. On a dû m'enlever un poumon et les efforts physiques, c'est terminé pour moi, malheureusement – mais pourquoi se plaindre, je peux encore servir. Et puisque le malheur nous avait rapprochés, Hovan et moi, on nous a mis ensemble afin de continuer à travailler pour la cause. Moi aussi j'ai reçu l'ordre de vous défendre quoi qu'il en coûte et ce sera fait si nécessaire – il y a une kalachnikov à mes pieds et une autre à côté d'Hovan ; nous ne voyageons pas les mains nues… » Il partit d'un grand rire : « Je ne sais pas qui vous êtes, je ne sais même pas pourquoi vous êtes ici, mais je suivrai mes instructions à la lettre. »

Sur ces mots, il alluma une cigarette, la cala directement dans la bouche d'Hovan avec un geste d'une tendresse surprenante, en alluma une autre et me la tendit. Je refusai d'un signe de la main : « Merci, Diljuar, mais je ne fume pas. Pour le reste, je suis journaliste et je prépare un livre sur l'une de vos grandes commandantes, une certaine Tékochine. C'est pour ça que je vais rencontrer le général Qaraman.

— Ah, Tékochine ? fit Diljuar avec une intonation d'admiration dans la voix. Vous vous intéressez à elle ?

— Vous la connaissiez ?

— Oh, pas beaucoup, je l'ai croisée à Manbij deux ou trois fois avant d'être blessé. On m'avait déjà opéré quand j'ai appris qu'elle avait reçu une balle – dans le bras gauche, je crois.

— Ah ! fis-je surprise. J'ignorais qu'elle avait été blessée. »

Diljuar maugréa : « Ce sont des choses qui arrivent... Même à des filles comme Tékochine. En tout cas, c'était quelqu'un ; quand on l'avait vue une fois, on ne l'oubliait plus ; il y a des gens comme ça, on ne peut pas expliquer pourquoi. Elle avait aussi une garde du corps un peu spéciale, une petite blonde très nerveuse avec un drôle de visage, à moitié triste, à moitié en colère ; ce visage-là, on s'en souvenait longtemps. Une Yézidie, je crois. Elle suivait Tékochine comme son ombre.

— Cette Yézidie s'appelait Gulistan.

— Ah, vous savez ça, madame Rachel ? Moi, je me rappelle surtout son visage. »

Il se mit à tirer sur sa cigarette aussi avidement que son camarade Hovan, la tête penchée en avant, comme s'il s'enfonçait dans un monde de souvenirs oppressants. Je me tus à mon tour. Nous quittions les faubourgs d'Erbil et les premières montagnes se profilaient à l'horizon, encore indistinctes, mais puissantes et impressionnantes, lointaines comme une succession de rêves prometteurs ; la voiture s'engagea sur une route de plus en plus sinueuse tandis que le soleil montait dans le ciel.

« Il y a une chose que m'a dite Tékochine et qui m'a frappé, reprit Diljuar au bout d'un moment. Je m'en souviens maintenant que vous m'avez parlé d'elle. C'était l'une des fois où je l'ai rencontrée par hasard, dans un poste de combat un peu en retrait du front de Manbij. Nous n'avions pas trop le moral parce que les renforts de djihadistes venant de Turquie arrivaient sans interruption ; ils coulaient comme une rivière – on avait l'impression que plus on éliminait d'ennemis plus il en surgissait… On ne savait vraiment pas ce qui allait advenir de nous et nous étions éreintés ; Tékochine était venue parler à je ne sais plus qui, mais elle a pris le temps de boire un verre de thé avec moi comme si elle me connaissait depuis toujours ; je lui en étais reconnaissant. Elle souriait sans arrêt, je m'en souviens. C'est étonnant quelqu'un qui sourit avec autant de constance, même dans les pires moments. Je lui ai demandé comment ça allait – le genre de choses dont on s'enquière banalement quand on n'a rien d'autre à faire, vous savez ça comme moi. Eh bien, elle m'a répondu comme si je lui avais posé une question essentielle ; et ce qu'elle m'a dit m'a laissé sans voix : “Tout le malheur des hommes vient de ce qu'ils craignent la mort. Si on chasse cette peur, le bonheur revient.” Je n'ai rien compris sur le moment – mais j'ai été certain qu'elle se vivait comme déjà morte, que c'était son secret pour résister à tout et ne jamais fléchir. Ça m'a impressionné : comment pouvait-on vivre de cette manière en restant si serein ? Quand elle s'est levée pour retourner vers le front, elle s'est penchée vers moi, les yeux brillants, et m'a dit autre chose encore, d'une voix très douce – et ça aussi, je ne l'avais jamais entendu de personne : “Diljuar, vivre libre ou se reposer, il faut choisir. C'est un grand sage qui a dit ça autrefois ; tu ne peux pas être fatigué puisque tu te bats pour être libre.”

Et elle est partie comme ça, sa kalachnikov en travers de la poitrine, avec derrière elle cette Gulistan collée à ses pas… »

## CHAPITRE II

Trois heures passèrent à rouler vers les montagnes, puis deux autres encore à traverser des contreforts de plus en plus abrupts, couverts d'une végétation clairsemée, de bouquets d'arbres parfois. Nous commencions à grimper pour de bon vers les hauteurs et je me demandai avec un nouveau trouble s'il n'y avait pas là comme une métaphore inquiétante de mon ascension personnelle vers moi-même ; je dus me secouer au sens propre du terme pour échapper à ce sortilège.

Heureusement, j'aperçus bientôt les premières crêtes des montagnes qui nous attendaient ; elles se chevauchaient les unes les autres dans un fouillis des premiers temps de la Création : ce n'était que dagues effilées plantées un peu partout à l'horizon, couteaux aiguisés dressés vers le ciel, précipices caillouteux, murailles de châteaux forts aux parapets dentelés cernant le ciel. Il se dégageait de ce spectacle une force prodigieuse – mais des nuages malveillants s'accumulaient tout autour de cette force.

Bientôt il fut midi. La voiture stoppa au pied d'une falaise de pierre, devant ce qui ressemblait à une gargote :

quelques tables et chaises en plastique posées au bord de la route, des auvents de toile décorés de guirlandes d'ampoules qu'on devait allumer la nuit, une cuisine en plein air avec des feux de bois, rien d'autre.

« Nous allons manger ici, annonça Diljuar. Ils ont de bonnes brochettes et vous devez avoir faim. Venez. » Il descendit et m'ouvrit la portière en surveillant les alentours. Hovan suivit, d'une démarche claudicante, silencieux et grimaçant, telle l'image ressuscitée du Quasimodo de Victor Hugo dans *Notre-Dame de Paris*. J'en eus le cœur peiné – d'autant qu'il me regardait à la façon d'une poule couvant son oisillon, jetant autour de lui des regards farouches destinés à me protéger mais qui faisaient comme des lumignons horribles dans l'éclat de rire continuel de son visage.

Nous nous assîmes à l'une des tables et Diljuar commanda le repas. Depuis que j'avais parlé de Tékochine, il ruminait manifestement ses souvenirs car il me lança tout à coup : « Pour Tékochine et Gulistan, je me souviens très bien du jour où j'ai appris qu'elles avaient été tuées ; c'était vers le début de cette satanée bataille de Sérikani en octobre 2019 – maudits Américains qui nous avaient trahis. Je me trouvais à Qamichli au repos et nous avons tous été tristes en apprenant cette nouvelle, vous pensez ; mais au moins elles étaient mortes comme elles avaient vécu… Vous ne trouvez pas que ce serait terrible de ne pas mourir comme on a vécu, madame Rachel ? »

Je préférai éluder cette question surprenante – et dérangeante à la fois – pour demander : « Vous savez comment ça s'est passé ? »

Diljuar se rembrunit aussitôt : « Pas vraiment… Tout ce que j'ai su à l'époque, c'est qu'elle et Gulistan ont été tuées en même temps ; elles protégeaient l'évacuation des civils de la ville et se sont fait encercler dans un bâtiment isolé, je crois ; elles ont tenu un bon moment. On le sait parce qu'elles avaient gardé leur radio allumée après avoir cessé de communiquer avec leur chef direct, Tulin Clara. Évidemment, à un moment donné, elles n'ont plus eu de munitions et personne ne pouvait venir à leur secours ; elles étaient seules, c'était la fin, la mort approchait et elles ne pouvaient plus rien faire. Ce devait être affreux… Je me mets à leur place, voyez-vous… et toute ma chair se hérisse. »

Il se réfugia dans le silence, les yeux fixés sur les nuages qui s'accumulaient au loin entre les pics montagneux. Je ne voyais plus que son profil de médaille. « Et ensuite, demandai-je, que s'est-il passé ?

— On a raconté que lorsqu'elles ont décidé de se suicider pour ne pas tomber vivantes aux mains des islamistes – vous savez ce qu'ils font à nos femmes si cela arrive – elles se sont retrouvées avec seulement une cartouche pour elles deux. L'horreur… On ne sait pas comment ça a pu se produire. D'habitude, nos combattantes gardent précieusement leur dernière cartouche – au fond d'une poche ou dans une encoche de leur gilet de combat, le plus souvent. Tékochine et Gulistan n'ont pas eu de chance ; ou alors, elles ont commis une erreur, personne n'a jamais su.

— Ah, dis-je, une seule cartouche pour deux ? Ce devait être épouvantable… Je ne connais rien à la guerre,

Diljuar, mais je peux me mettre à la place des gens dans la guerre.

— Merci, madame Rachel ; mais si vous me demandez ce qui s'est passé ensuite, je suis incapable de vous répondre – que peut-on faire avec une seule cartouche ? Que faire s'il n'en reste qu'une, n'est-ce pas ? Peut-être que le général Qaraman sait. Il vous dira… »

Le tenancier de la gargote apportait un énorme plat de brochettes d'agneau : « Mangez tout ce que vous pouvez, conseilla Diljuar. Ce soir nous dormirons dans l'une de nos caches sur le chemin de Qandil, nous aurons largement de quoi nous restaurer, mais on ne sait jamais. Mangez au maximum dès que vous pouvez, madame Rachel, telle est la loi de la guerre. » Et joignant le geste à la parole, il se mit à dévorer avidement une première brochette, aussitôt suivi par Hovan.

Une demi-heure ne s'était pas écoulée qu'il ne restait plus rien dans le plat. En même temps, l'horizon n'avait cessé de s'obscurcir. « Il y a trop de nuages, commenta Diljuar d'une voix égale ; c'est rare en cette saison. S'il se met à pleuvoir, nous serons ralentis. Ne tardons plus ; à partir d'ici, la route est rarement goudronnée.

— Je croyais qu'il fallait moins d'une journée pour atteindre votre repaire de Qandil, m'étonnai-je.

— Nous avons pris toutes sortes de chemins détournés pour tromper la surveillance des Turcs. Ils ont beaucoup d'espions dans la région.

— Ah ! Vraiment ?

— Hélas, beaucoup de Kurdes travaillent pour l'ennemi.

— Je n'en avais pas la moindre idée, fis-je, surprise.

— C'est toujours la même chose avec les humains, non ? »

La voiture démarra sur cette phrase, Hovan toujours au volant, Diljuar à son côté – mais il avait sorti sa kalachnikov et la tenait maintenant entre ses genoux.

La pluie nous cueillit une demi-heure plus tard comme nous abordions une côte bien raide où tout goudron avait disparu. En quelques secondes, la visibilité fut si réduite qu'Hovan, les mains serrées sur le volant, dut coller son visage grimaçant à quelques centimètres du pare-brise. L'orage produisait un bruit assourdissant fait d'une succession de coups de tonnerre traversés d'éclairs cinglants ; on voyait nettement la foudre percer le ciel devenu aussi noir que devait l'être l'enfer ; la pluie crépitait sur la carrosserie comme si on y avait allumé un feu grésillant. Je me pris à craindre le pire. « Ça va aller, me rassura Diljuar. Des orages pareils, c'est exceptionnel en cette saison mais ça ne dure guère. N'ayez pas d'inquiétude. » Il avait à peine achevé sa phrase qu'un torrent de boues rouges et gluantes surgit devant nous sur la pente, rampant dans notre direction avec une lenteur de reptile ; cette boue épaisse, pareille à de la lave glacée, charriait toutes sortes de pierres et de cailloux menaçants. Hovan stoppa instantanément, le pied sur le frein, arc-bouté contre le volant. Cinq secondes plus tard, la boue passa sous nos roues en grondant et la voiture parut se soulever ; l'instant d'après, nous étions secoués comme dans une bétonnière géante ; l'épreuve ne dura guère. Notre auto retomba sur ses roues et le silence revint d'un coup.

Personne n'avait ouvert la bouche. Hovan redémarra, soulagé, et notre progression reprit à faible allure, l'orage s'éloignant pour aller dévaster d'autres régions. Un quart d'heure plus tard, le ciel était à nouveau d'un bleu parfait ; les sommets montagneux qui nous environnaient reprirent leurs formes acérées.

C'est ce moment que Diljuar choisit pour déclarer : « Madame Rachel, si vous voulez savoir comment Hovan a reçu cette balle dans le cou, je suis prêt. Je ne vous ai rien raconté en quittant Erbil – pourquoi faire, n'est-ce pas ? – mais maintenant, j'ai confiance. Et puis Hovan mériterait que vous mettiez son histoire dans votre livre…

— Bien sûr, répondis-je, toutes les histoires concernant les Yapagués et les Yapajas m'intéressent » – j'avais failli dire : « me concernent », mais je m'étais reprise. Pourquoi, d'ailleurs ? Diljuar qui n'avait rien remarqué poursuivit : « C'est une histoire très triste, comme nous en connaissons tous ici. J'en tiens les détails du camarade d'Hovan qui l'a ramené dans nos lignes après sa blessure. Il s'appelait Badran – lui, il est mort quelques années après, pendant la prise de Raqqa. Ainsi que je vous l'ai dit tout à l'heure, c'était en 2013, vers les débuts de la guerre. Le bataillon d'Hovan se trouvait stationné à Tel Tamar, une région où il reste encore beaucoup de chrétiens et de belles églises ; les anéantir était essentiel aux yeux des djihadistes et ils mettaient une pression considérable sur nous ; toutefois, il n'y avait aucune grande bataille, juste beaucoup d'escarmouches, d'embuscades, de coups de main, de choses de ce genre ; la situation était très confuse, toujours mouvante. Hovan avait un frère jumeau du nom de Khaled ; ils combattaient toujours ensemble, rien ne pouvait les séparer. Un jour donc – un jour funeste, je vous assure – leur commandant les envoya en reconnaissance dans les faubourgs de Tel Tamar avec leur détachement ; au début, tout se passa bien. Il n'y avait personne dans les rues, personne dans les maisons, la population avait fui et tout était désert : beaucoup de poussière comme toujours, du désordre partout, des maisons pillées, des ruines à n'en plus finir, et le silence – ah, madame Rachel, il faut qu'un jour vous entendiez le silence des ruines, c'est terrifiant. Mais il y a pire, bien sûr : savez-vous ce que cela représente pour quelqu'un qui aime son pays, de le voir réduit année après année à des monceaux de décombres ? C'est une souffrance intérieure qui s'ajoute à toutes les autres, madame Rachel. Que Dieu, s'il existe, fasse que vous ne connaissiez jamais cela dans votre propre pays… »

Je m'en voulus de ne pas savoir quoi répondre – je n'avais pas l'habitude de ces choses-là. Mais déjà Diljuar reprenait : « Donc, Hovan et son frère Khaled patrouillaient avec leur détachement sans rencontrer d'obstacle, quand soudain, dans un labyrinthe de petites venelles, ils tombèrent nez à nez avec un groupe de djihadistes qui, visiblement, avaient reçu la même mission qu'eux… Vous imaginez le stress de cette rencontre ? Ah, je connais ça, vous savez : le cœur se met à battre à toute vitesse, le monde autour de vous devient irréel, il y a comme un vertige qui vous fait tourner la tête… Naturellement, nos camarades et les djihadistes se sont fusillés à bout portant. Badran m'a raconté que ça faisait un bruit de fin du monde et que la mêlée était terrible et confuse ; on lançait des grenades et on s'étripait à la baïonnette, il y avait de la fumée partout, des morts, des blessés, des cris… D'un côté comme de l'autre, c'était la panique, en fait, et dans ces circonstances, on ne sait jamais très bien ce qui se passe ; finalement, nos camarades sont parvenus à se réfugier dans des maisons bordant une rue plus large que les autres et les djihadistes ont fait de même de l'autre côté ; c'est comme ça qu'ils se sont retrouvés face à face, séparés par une vingtaine de mètres, se tirant dessus par intermittence, cachés derrière des fenêtres ou sur les toits. Quand le calme est un peu revenu, Hovan s'est aperçu que son frère avait disparu. Il ne se trouvait ni parmi les blessés qui avaient tous été transportés dans les maisons, ni parmi les cadavres jonchant le champ de bataille. Fou d'angoisse, il s'est mis à appeler Khaled de toutes ses forces au risque de se faire repérer. En vain. Aucune réponse. Et puis, à un moment, une voix de l'autre côté de la rue lui a crié en arabe : "C'est qui ce Khaled que tu réclames, enfant de cochon kurde ? C'est celui qui a une balle dans la jambe et qu'on a attrapé ? Tu veux qu'on te le rende ? Qu'est-ce que tu payes pour sa tête ?" Hovan était tétanisé. Il a quand même réussi à répondre : "Jette-moi sa montre et on verra si tu le tiens vraiment. Tu as entendu ma voix, tu sais derrière quelle fenêtre je suis. On paiera le prix si c'est vrai. J'attends. » Il ne voulait pas insulter ce djihadiste dans le cas où son frère aurait été réellement son prisonnier, mais il était effondré. Au bout d'un moment, une montre lancée à toute force est passée à travers la fenêtre où se trouvait Hovan – c'était la montre de Khaled. Alors, Hovan s'est mis à pleurer de tout son corps sans savoir quoi faire pour sauver son frère jumeau ; il tremblait, il gémissait, complètement perdu – peut-être que les djihadistes avaient déjà commencé à torturer abominablement Khaled. De l'autre côté de la rue, la voix du djihadiste s'est remise à crier : "Alors, sous-homme de Kurde, tu payes combien pour ton ami ?" Hovan a hurlé de désespoir : "Je n'ai pas d'argent, je n'ai pas d'argent ! Qu'est-ce que tu veux d'autre ? Tout ce que tu veux d'autre !" Le djihadiste n'a pas répondu. Une minute plus tard, du toit d'une maison est tombée une tête coupée qui a roulé sur le sol comme un ballon – la tête de Khaled. "Voilà le prix de ta pauvreté, fils de bâtard, a crié en même temps la voix du djihadiste. Amuse-toi avec !" Badran m'a dit qu'Hovan est alors devenu méconnaissable. Il était pareil à un diable avec tous les cheveux dressés sur son crâne ; il s'est jeté dans la rue en hurlant comme un fou, sans arme, les deux mains tendues en avant, et personne n'aurait pu le retenir ; il a couru vers la tête de son frère et ses camarades n'ont rien pu faire d'autre que d'ouvrir le feu de toutes leurs armes pour tenter de le couvrir. Par un prodige inexplicable, Hovan a réussi à rapporter la tête de Khaled ; hélas, au moment même où il atteignait le refuge de la maison il a reçu cette balle dans le cou. Badran a dû le tirer par les pieds pour le mettre à l'abri ; mais ensuite, il n'a pas réussi à desserrer les mains d'Hovan. Il a fallu l'évacuer comme ça vers l'hôpital de Hassaké. Il y est arrivé sur une civière en tenant toujours la tête de son frère contre lui et c'était horrible ; beaucoup de gens pleuraient devant ce spectacle. Quelques jours plus tard, Badran et ses camarades ont enterré la tête de Khaled au cimetière militaire de la ville. Évidemment, Hovan n'a pas pu être présent. Mais maintenant, il va très souvent dans ce cimetière. »

Nous avancions toujours, sur une piste de plus en plus défoncée ; la lumière, déjà, déclinait, et vers l'ouest le ciel prenait une couleur d'encre violette. Diljuar annonça : « Encore dix minutes et nous serons à Hamadi ; c'est un petit village de montagne – un endroit sûr contrôlé par nos Yapagués. Nous allons dormir là et repartir à l'aube. C'est une Yapaja qui commande ce poste. Elle s'appelle Asya Khabour ; elle a reçu les ordres nécessaires vous concernant. Je sais qu'elle a assez bien connu Tékochine et Gulistan à une époque ; elle vous en parlera, bien sûr. Il faut que vous sachiez aussi que sa plus jeune sœur est l'une de nos grandes martyres ; mais ça, elle vous le racontera si elle veut bien. »

## CHAPITRE III

Asya Khabour me déçut par son apparence physique – disons que la nature l'avait maltraitée. Ce sont des choses qui arrivent ; c'était une femme d'une quarantaine d'années, corpulente et pas très grande, aux jambes néanmoins minuscules pour sa taille mais aussi épaisses que des troncs d'arbre ; les bras, en revanche, étaient bien trop longs quoique tout aussi volumineux. En fait, rien n'était à sa place dans ce corps disgracieux. Le visage était tout aussi ingrat avec un nez rond, un front bas et têtu, des oreilles si larges qu'elles en étaient ridicules, et un menton tellement tendu vers l'avant qu'il donnait à l'ensemble un air involontairement hautain.

Cet étrange personnage me reçut dans une petite pièce d'hôte, en chaussettes de laine décorées de motifs pour enfants, vêtu d'un pantalon de toile et d'un pull ; à cette altitude, il faisait froid malgré l'été et j'avais enfilé le matin même le blouson de cuir qui ne me quitte jamais – blouson dont j'avais fait depuis longtemps, et sottement, je m'en rendais compte maintenant, l'emblème du grand reporter intrépide et persévérant.

J'avais laissé mes bottes à l'entrée et nous étions assises à même le sol, sur un grand tapis. Tout le long des murs on avait installé des courtepointes brodées sur lesquelles étaient disposés des coussins ; il n'y avait pas d'électricité dans ce refuge de montagne et seules des lampes tempête éclairaient la scène ; elles jetaient des lueurs fauves sur les visages et des ombres fantasmagoriques sur les murs. J'avais l'impression d'être très loin de tout. Diljuar avait disparu.

C'est Hovan qui servit le thé. Sa figure de Quasimodo était rendue plus diabolique encore par cette lumière qui accentuait l'horreur de ses traits ; c'était comme si des feux d'outre-tombe les avaient éclairés.

Asya Khabour commença par m'aviser d'une mauvaise nouvelle : « Nous sommes un peu inquiets pour vous, madame Casanova – je veux dire pour la suite de votre voyage… Je viens de recevoir le rapport des agents que nous avions chargés de surveiller vos arrières : les Turcs sont au courant de quelque chose ; ils ont suivi votre voiture presque jusqu'ici – c'est ennuyeux… »

Son anglais était rudimentaire et je devais tendre l'oreille pour la comprendre : « Ah, répondis-je, inquiète, le rapport de vos agents… Ils ont fait un rapport, bien sûr…

— Nous faisons des rapports sur tout, répliqua Asya Khabour. Et sur tout le monde. Que croyez-vous ? Nous sommes organisés. Sinon, nous serions tous déjà morts. » Elle balançait son corps d'avant en arrière, signe manifeste d'une grande gêne et ne touchait pas à son thé. « Mais, rassurez-vous, reprit-elle, nous avons la solution :

demain matin, vous passerez la journée cachée ici tandis que nous renverrons la voiture à Erbil avec deux hommes et une femme à l'intérieur. Les Turcs penseront que vous rentrez à votre hôtel et repartiront en sens inverse, derrière cette voiture ; quand ils s'apercevront de leur erreur, il sera trop tard, vous serez déjà chez Qaraman dans les montagnes de Qandil. Vous partirez donc après-demain à l'aube dans un autre véhicule ; Diljuar et Hovan vous serviront encore d'escorte. »

Pour me donner un peu de contenance, j'acquiesçai sans discuter en mettant le plus de chaleur possible dans ma voix ; mais c'était difficile devant ce visage inquisiteur qui me fixait sans ciller et, tout à côté, celui d'Hovan, accroupi dans une immobilité inquiétante : « C'est un plan excellent, approuvai-je ; je vous remercie.

— N'en faites rien, marmotta Asya Khabour, je n'ai aucun mérite, j'ai juste des ordres. Bon, venons-en aux raisons de votre présence ici... Je suis autorisée à vous parler de Tékochine et de Gulistan. Que voulez-vous savoir ? »

Surprise par cette approche directe, je répondis du tac au tac : « Tout, j'aimerais tout savoir... » Une amorce de sourire passa sur le visage d'Asya Khabour : « Je les ai bien connues en 2015, dit-elle, mais ensuite, nous ne nous sommes plus beaucoup vues. C'était la guerre et dans ces cas-là, personne ne sait où le destin le mène...

— 2015, c'est juste après la bataille de Kobané ?

— Juste après. On vous a déjà appris ce que Tékochine et Gulistan ont vécu dans les décombres d'un immeuble écroulé, n'est-ce pas ?

— Oui, Bérivan Kobané m'a tout raconté. Je trouve cette histoire inouïe.

— Je dirais même : incroyable, madame Casanova. Pendant des mois, on n'a parlé que de ça dans les bataillons yapagués et yapajas. Cette épreuve avait beaucoup marqué Tékochine et Gulistan – ne croyez pas le contraire, ce serait de la légende ; alors, du mois de janvier de cette année-là à celui de septembre, elles ont été mises au repos à l'état-major de Qamichli. C'est là que je les ai connues ; surtout Tékochine. Nous buvions le thé le soir toutes les deux et nous avons fini par devenir amies ; elle était bien contente car plusieurs commandantes la jalousaient, lorgnant sur le commandement de son bataillon.

— Ah, fis-je, étonnée, elle était jalousée ? »

Asya Khabour haussa les épaules : « Ce genre de choses arrive n'importe où ; c'est la nature humaine. Mais pour Tékochine, ce type d'attitude était incompréhensible. »

Elle alluma une cigarette et la garda à la bouche un long moment ; la fumée glissait le long de son visage comme de petites mèches de coton, avant de se diluer vers le plafond. Elle fit remarquer : « Nous fumons beaucoup dans ce pays, vous l'avez constaté, j'imagine… Le stress, bien sûr. Vivre, mourir… Nous ne savons jamais de quoi sera fait le lendemain… Tékochine aussi fumait beaucoup. Je me rappelle un événement à ce propos. Un journaliste suédois était venu l'interviewer et il n'arrêtait pas d'agiter les mains autour de lui pour montrer que la fumée le dérangeait. Tékochine en rajoutait pour le taquiner, fumant cigarette sur cigarette – quand elle s'y mettait on riait bien en sa compagnie. Au bout d'une heure, le journaliste n'a pas pu s'empêcher de l'attaquer, presque agressif : "Si vous continuez comme ça, vous allez mourir d'un cancer bien avant l'âge, bon sang, vous devriez arrêter, on ne fait rien de pire pour la santé !" Tékochine est restée un moment stupéfaite ; puis elle a éclaté d'un rire énorme, prodigieux, comme je n'en avais encore jamais entendu – elle en avait des larmes plein les yeux et ces larmes lui coulaient sur les joues sans qu'elle puisse les arrêter tant il y en avait. Je m'étais mise à rire à mon tour et je crois qu'à nous deux nous faisions un sacré concert. Le journaliste – un type beaucoup trop jeune à mon avis, avec des bras très maigres qui n'avaient jamais rien dû embrasser avec force – regardait Tékochine comme on contemple le diable, abasourdi, sans comprendre, et peut-être croyait-il que nous nous moquions de lui. Lorsque Tékochine a enfin retrouvé son souffle, elle l'a fixé droit dans les yeux – elle savait très bien faire ça quand elle avait des choses importantes à dire – et elle lui a lancé : "Mais vous vous croyez où, monsieur le journaliste ? Dans votre pays tranquille où on est libre de tout choisir ? Choisir ce que l'on mange comme le métier que l'on fait ? Est-ce que vous avez seulement une idée de notre espérance de vie, à moi ou à la camarade Asya ? Nous, on dit : si on pouvait avoir quatre ou cinq ans, ce serait bien… Chez les Yapajas du Rojava, personne ne meurt du cancer." »

Asya Khabour s'interrompit pour juger de l'effet que cette histoire provoquait sur moi ; puis elle conclut : « Il faut que je vous précise aussi qu'en entendant rire à ce point sa sœur d'armes, Gulistan, qui attendait dans la pièce voisine, s'est précipitée dans la nôtre, son arme à la main, se demandant ce qui arrivait, sa natte blonde en bataille, prête à anéantir la terre entière si on touchait à sa commandante ; lorsqu'elle a compris ce qui se passait, elle s'est mise à rire également et la partie triste de son visage a disparu pendant quelques instants ; c'était si étonnant que Tékochine a serré Gulistan sur son cœur de toutes ses forces. Mais au bout d'un moment elles se sont mises à pleurer toutes les deux de manière assez inexplicable ; et j'entendais Gulistan murmurer en sanglotant : "Tékochine, Tékochine, reste encore, ne t'en va pas…" et Tékochine lui répondait très doucement : "Ne t'inquiète plus, petite sœur, ne t'inquiète plus…" Je ne comprenais rien à cet échange mais il avait quelque chose de bouleversant ; ça venait peut-être de ce qu'elles avaient vécu ensemble au Shingal ou à Kobané, allez savoir… Le journaliste contemplait la scène d'un air ahuri, incapable de comprendre quoi que ce soit. Quand il s'est rendu compte que plus personne ne s'intéressait à lui, il s'est mis en colère et il est parti. On ne l'a jamais revu. Voilà le genre d'anecdote qui en dit long, vous ne trouvez pas ?

— Évidemment… cette histoire me parle beaucoup, Asya » – et je le pensais sincèrement. En même temps, je m'interrogeais de plus en plus sur la nature exacte des liens qui attachaient ces deux sœurs d'armes. Il y avait là une terre inexplorée pour moi ; mais étais-je armée pour cette exploration ? Que savais-je des liens qui se tissent dans la guerre, dans les épreuves, dans l'infortune et l'adversité ? Je dus reconnaître que je ne connaissais rien à ce genre de choses, si extrêmes, si radicales. Tout ce qui m'entourait m'avait été absolument étranger jusqu'ici – et étrangers ceux qui y étaient confrontés. Je fus emplie du désir brutal d'entrer pour de bon dans ce monde. D'une certaine manière, je me fis peur. Pourquoi sortir des choses ordinaires et rassurantes ?

Mais Asya Khabour poursuivait sur son idée : « Ça me fait plaisir de savoir que vous raconterez cette anecdote dans votre livre – parce que si on arrête de parler de nous, les Yapajas, nous disparaîtrons pour toujours. Ce dont on ne parle pas n'existe pas. C'est obscène… » Son visage exprimait une souffrance tout à fait nouvelle. Je ne sus quoi répondre – une fois de plus. Je me sentais maladroite et inutile. Asya le comprit et dit gentiment : « Laissons cela et revenons à Tékochine. On a dû vous apprendre, j'imagine, qu'elle était différente de tout le monde. C'est tout à fait exact. Elle était, comment dire… par-dessus tout ce qui fait la norme ; elle n'en tirait aucune fierté, d'ailleurs. Car pour certaines choses, elle ne différait pas des autres : comme nous toutes, elle détestait l'idée qu'elle ne vivrait pas longtemps, qu'elle avait déjà perdu sa jeunesse, qu'elle n'avait connu que la guerre et ne connaîtrait sans doute rien d'autre de la vie et du monde ; elle l'acceptait, c'est tout, mais ça la remplissait de tristesse certains jours – on en parlait souvent ; parfois, nous en étions angoissées. Finalement, Tékochine était de celles qui vivent en sachant qu'elles vont mourir bientôt et en sont affectées plus qu'elles ne veulent l'admettre – si vous voulez mon avis. Elle avait ses contradictions et pour des choses pareilles, on peut comprendre. Ce qui la sauvait, c'était qu'elle ne plaçait rien au-dessus de la liberté. Absolument rien. Ça aussi on a dû vous le dire. C'était sa force ; avec ça, elle était capable de repousser la mort chaque fois que nécessaire. Nous autres Qadros, ce que nous plaçons au-dessus de tout, c'est notre révolution, notre projet politique, notre cause comme nous disons ; la liberté est comprise dedans, mais pas plus que le reste. C'était la différence avec Tékochine. Elle était une vraie Qadro, mais l'idéologie, ce n'était pas son affaire ; cela déteignait sur Gulistan qui se fichait pas mal de tout ça ; elle parlait d'abord de liberté, comme sa commandante. Tout le temps. Elles faisaient bloc quand il y avait des débats sur ces sujets, dans leur bataillon ou ailleurs. Personne ne leur en faisait reproche, bien sûr. Pour ces deux femmes, la vie ne valait rien si elle ne pouvait être vécue librement. Je ne sais pas exactement ce qui s'est passé dans cette affaire de la bataille de Sérikani – vous avez entendu parler, je crois, de la seule cartouche qui leur restait ? – mais je suis certaine qu'elles ne sont pas mortes en craignant la mort ; elles savaient pourquoi elles vivaient et pourquoi elles mouraient. Tout cela avait du sens à leurs yeux ; ça les faisait vivre, et même ça les rendait heureuses, malgré toutes les souffrances endurées et les privations. Si vous estimez cela contradictoire, c'est que vous ne connaissez rien à ces choses-là… »

Asya fit une pause, comme rassérénée par sa longue tirade, puis reprit d'un air rêveur : « Il y avait un autre sujet de conversation qui revenait souvent avec elles : la servitude. Tékochine tenait de sacrés discours là-dessus à ses combattantes. Et Gulistan n'était pas en reste. Quand Tékochine leur enseignait que même s'il leur arrivait d'être un jour enchaînées, elles resteraient libres dans leurs têtes si elles refusaient le principe même de la servitude, Gulistan ajoutait que c'était grâce à des certitudes de ce genre qu'elles fortifiaient leurs cœurs – et avec l'idée également qu'il fallait vivre exactement comme on pensait, qu'il ne devait pas y avoir de différence. Elles embêtaient tout le monde avec ce genre de choses – et moi-même, parfois, je dois l'avouer ; je trouvais Tékochine un peu agaçante de ne jamais nous lâcher. Elle en faisait trop, et Gulistan suivait. Cependant, ceux qui avaient pour idée de sortir de la vie meilleurs qu'ils n'y étaient entrés, avaient envie de lui ressembler ; c'est pour ça qu'elle déclenchait chez certaines commandantes les jalousies que j'ai évoquées tout à l'heure ; elles croyaient que Tékochine était en compétition avec elles. Mais Tékochine, vous savez, elle n'était en compétition qu'avec elle-même. »

Asya se leva sur ces mots et disparut en me souhaitant bonne nuit ; je devais dormir dans cette pièce d'hôte et y rester la journée suivante. Diljuar réapparut avec des couvertures et un plat de riz en sauce : « Mangez, me conseilla-t-il, et installez votre couchage où vous voulez ; en cas de problème, appelez, je ne serai jamais loin. Sinon, je reviendrai demain matin. Nous repartirons le jour suivant à l'aube avec Hovan. »

Je ne fermai pas l'œil de la nuit – j'étais trop impatiente d'être au surlendemain et de connaître la suite. Comment allait être ce général Qaraman vers lequel on me menait ?

Toute crainte m'avait quittée.

## CHAPITRE IV

La journée du lendemain, faite d'une longue attente dans un silence presque absolu, fut pour moi une expérience singulière, presque mystique je dois l'avouer – mais bien des choses ne l'étaient-elles pas depuis mon départ de Sydney ? Il semblait ne plus y avoir le moindre bruit, comme si on m'avait cachée dans une bulle de coton, et je ne vis à peu près personne hormis le jeune garçon qui vint me porter des fruits et des légumes pour déjeuner ; le temps étira interminablement chaque seconde, sans que naisse pour autant la moindre sensation d'ennui ; il y avait là quelque chose de prodigieux car chacune de ces secondes semblait une promesse de vie tout entière. Je m'aperçus, avec une certaine forme d'effroi, que les trépidations du monde moderne m'avaient fermée depuis longtemps l'accès à la vraie solitude. J'avais perdu ce qu'elle peut apporter de vie intérieure et de dialogue avec soi-même. Je me jurai de changer désormais tout cela.

Aussi fut-ce avec une forme de regret presque coupable que je vis réapparaître Asya Khabour à l'heure du dîner.

« Tout est prêt pour demain, m'annonça-t-elle en s'asseyant devant moi ; la nouvelle voiture est arrivée – elle n'est pas en très bon état mais elle attirera moins l'attention. Vous partirez à 6 heures. Si tout va bien, vous serez dans le camp de Qaraman vers midi. Mangeons maintenant. »

Elle appela et Hovan surgit avec des serviettes et une aiguière d'argent destinée à laver nos mains. Diljuar entra aussitôt après, accompagné du jeune garçon qui m'avait servi à déjeuner ; ils apportaient un plat de riz fumant et un autre de mouton bouilli. Ils les disposèrent sur une nappe à même le sol et nous commençâmes à nous restaurer.

Comme nous achevions le repas, vite englouti – décidément, ces gens-là ne vivaient pas pour manger – Asya se pencha vers moi : « Diljuar m'a fait son rapport concernant votre voyage d'hier et vos échanges. Il vous aime bien ; et moi aussi finalement. Je vais donc vous offrir une histoire personnelle afin que vous puissiez l'utiliser dans votre livre – en fait, je vous supplie de l'utiliser dans votre livre pour qu'elle ne disparaisse pas car elle concerne la plus jeune de mes sœurs, celle que j'aimais le plus. Cette sœur s'appelait Avesta Khabour ; pour vous la décrire, je dirais que c'était une petite brune au visage très doux et aux traits fins, le regard énergique. Elle a été tuée peu après avoir fêté ses vingt ans. Comme son histoire est d'une grande tristesse, je vous prie de m'excuser si je pleure. Voici :

« Avesta appartenait à un bataillon mobile de la région d'Afrine où nous sommes nées toutes les deux ; comme vous le savez sans doute, cette région, la plus à l'ouest du Rojava, est restée isolée du reste de notre pays pendant toute la guerre ; c'est une région très belle, joyeuse l'été, mélancolique l'hiver, avec d'immenses oliveraies, des vallons verdoyants un peu partout, des forêts sur les pentes des collines et des rivières lumineuses qui se jettent dans l'Euphrate. En janvier 2018, les Turcs ont envahi Afrine sans s'occuper de ce que pouvaient penser nos alliés occidentaux. Ils les ont mis devant le fait accompli. Ni les Américains, ni les Français n'ont osé intervenir – parce que les Turcs font partie de l'OTAN et que ça leur est bien commode de nous massacrer sous ce masque du mensonge. Nous nous sommes donc retrouvés seuls contre des avions, des chars, de l'artillerie, une armée moderne et bien équipée… C'était autrement plus difficile qu'avec Daech, bien sûr – et cela nous a coûté des centaines de nos filles et de nos garçons. Morts pour rien.

« Avesta commandait un groupe de dix Yapajas ; des filles comme elle, venues de la campagne et qui avaient vécu à la dure toute leur enfance ; il n'y avait qu'à regarder leurs mains pour s'en rendre compte – les mains, ça montre bien l'origine sociale. Le 27 janvier 2018 – il y a des dates qu'on n'oublie jamais – Avesta a reçu pour mission de défendre un village du nom de Hamam dans le district de Bilblé ; je vous apprends ça parce que c'est dans ce village que nous sommes nées toutes les deux – il y a des hasards funestes qui vous prennent à la gorge quand vous y songez longtemps après. Avesta s'est dit en elle-même qu'elle mourrait certainement à l'endroit exact où elle était venue au monde et ça la terrifiait – moi, j'appelle ça une tragédie et c'est ainsi que l'a vécue Avesta. Elle en a pleuré au téléphone en m'appelant une heure après que sa commandante l'a envoyée protéger Hamam. Évidemment, cet ordre était justifié : Avesta connaissait par cœur la région et c'était un avantage contre les islamistes turcs ; mais comment pourrait-elle en revenir vivante étant donné la disproportion des forces ?

« Donc, ce 27 janvier 2018, une colonne de blindés ennemis a tenté de pénétrer dans Hamam en venant du nord. Avesta a engagé le combat dès les faubourgs du village pour ne pas perdre tout de suite l'ascendant et faire douter les islamistes ; comme vous le savez – et sinon, vous l'apprendrez ici – toutes les guerres sont d'abord psychologiques ; le choc des volontés, n'est-ce pas… Le reste vient ensuite. Les trois lance-roquettes antichars d'Avesta sont entrés en action avec la moitié de son groupe, l'autre moitié restant en protection sur chacun de ses flancs : deux transports de troupes sont partis en fumée. Les blindés se sont éparpillés, un peu affolés, et ont ouvert le feu au canon n'importe comment, sans causer de pertes, d'autant que la population s'était enfuie depuis longtemps ; les Turcs tiraient au hasard, surpris par cette résistance inattendue. Avesta s'est repliée dans les venelles et a commencé à se défendre rue par rue. Elle a tenu longtemps avec ses Yapajas ; mais elles tombaient les unes après les autres sous le déluge d'obus et de balles de mitrailleuses que les chars faisaient pleuvoir sur elles ; une seule de ces Yapajas a survécu – elle s'appelait Hevrin et, par chance, elle est toujours en vie à l'heure où je parle. C'est grâce à son rapport que nous connaissons les détails du combat. Quand je me rappelle aujourd'hui ce que j'ai ressenti à la lecture de ce rapport, je pleure la nuit ; j'imagine ce que ma sœur a éprouvé, ce qu'ont été ses derniers moments, et je souffre atrocement, voyez-vous ; le pire, c'est que j'ai toujours dans la tête les cris de nos parents quand ils ont appris la mort d'Avesta.

« Mais je dois reprendre mon récit... Après une heure de combat environ, Avesta avait épuisé toutes les roquettes dont disposait son unité ; ses camarades étaient parvenues à détruire deux autres blindés mais elles ne pouvaient plus rien faire que reculer – et elles reculaient. Les Turcs ont compris leur situation et se sont regroupés en colonne dans la rue centrale, la seule qui permettait de sortir du village. Ils devaient se croire enfin tranquilles. Avesta n'avait plus que trois camarades et elles s'interrogeaient avec désespoir sur ce qu'elles devaient faire ; elle a décidé alors de prendre exemple sur toutes les Yapajas qui, avant elle, s'étaient trouvées dans des situations désespérées et s'étaient sacrifiées : elle a pris toutes les grenades qui lui restaient, elle les a mises dans ses poches, en a dégoupillée une, et s'est jetée en avant pour se faire exploser sous le char de tête. La colonne de blindés est restée bloquée plus de deux heures avant qu'un engin de déblaiement puisse la dégager. Quelques jours plus tard, quand Tékochine a appris cette affreuse nouvelle, elle est accourue pour me voir ; elle m'a serrée dans ses bras comme on fait chez nous, et puis elle a pris mes mains dans les siennes pour me dire quelque chose que je n'ai jamais pu oublier : "Pour Avesta, c'est parfois en mourant que l'on se sauve..." J'aime à croire qu'elle avait raison et que le sacrifice de ma sœur n'a pas été inutile. Allons dormir maintenant. »

Je ne revis pas Asya Khabour le lendemain quand nous quittâmes son refuge à l'aube – et je ne devais jamais la revoir par la suite. Le souvenir de cette femme au corps disgracieux et à l'âme en peine me hante toujours à l'heure où j'écris ces lignes – comme celui de Bérivan Kobané, « la femme qui ne sourit jamais », sa sœur de malheur, d'une certaine manière. Mais ainsi va la vie au Rojava.

Comme me l'avait annoncé Asya, la voiture qui nous emporta, Hovan, Diljuar et moi, n'était pas fameuse : le terme de guimbarde eût mieux convenu. Je m'en contentai cependant sans peine et me surpris à penser que désormais j'allais pouvoir m'accommoder de beaucoup de choses dans la vie.

Les montagnes autour de nous me parurent plus farouches encore que la veille, mais ce devait être un effet de mon imagination : nous approchions du repaire de ce fameux général Qaraman et mes pensées vagabondaient dans le romanesque.

À midi, nous y fûmes sans que rien le laisse présager : la voiture quitta la piste caillouteuse où nous avancions pour s'engager dans ce qui ressemblait tout juste à un chemin praticable ; elle stoppa un peu plus loin. Nous nous trouvions au flanc d'un cirque montagneux à la beauté sauvage. Le soleil au zénith couvrait les parois d'une lumière aveuglante. « On continue à pied, m'avertit Diljuar. Nous serons chez Qaraman dans une demi-heure. » Hovan prit mon sac, Diljuar le précéda, et je suivis les deux hommes sur une sente très raide grimpant vers les hauteurs. J'étais au bout du monde, dans un de ses recoins les plus exposés et je ne m'étais jamais autant sentie en sécurité…

Un quart d'heure plus tard, nous atteignîmes une crête effilée où disparaissait le sentier. Nous fîmes une brève halte ; un vent léger s'était levé et bruissait dans les herbes rases. Au loin, j'entendis un bruit d'avion. Diljuar dressa l'oreille : « Turcs, maugréa-t-il. Ils patrouillent sans arrêt. Ne restons pas là. »

Nous repartîmes, pressant l'allure sans nous en rendre compte. Nous marchions désormais dans des éboulis de cailloux, descendant vers une falaise de roches très noires au pied de laquelle poussaient des forêts de buissons. Quand nous les atteignîmes, je découvris que cette végétation masquait l'entrée d'une série d'immenses grottes reliées par des galeries. « C'est le camp de Qaraman, annonça Diljuar avec une intonation de fierté dans la voix. Nous y sommes. » Il me fit pénétrer dans la plus grande des grottes. À l'intérieur se dressaient plusieurs baraquements de bois alignés en quinconce, peints en vert, séparés par des allées bordées de cailloux blancs. Nous entrâmes dans l'un de ces baraquements. Un homme en tenue camouflée se tenait assis sur des coussins dans une pièce décorée d'un nombre impressionnant de portraits de combattants. Une kalachnikov était posée près de lui. On n'eut pas besoin de me le présenter : je sus aussitôt qu'il s'agissait de Qaraman.

## CHAPITRE V

J'étais assise maintenant face à lui, intimidée. Aucun bruit ne filtrait de l'extérieur et le silence était parfait. Hovan et Diljuar s'en étaient allés après m'avoir avertie qu'ils reviendraient me chercher seulement quand on le leur dirait et qu'ils me ramèneraient alors à Erbil.

Qaraman me souriait avec une prévenance inattendue, fumant une cigarette très fine qu'il tenait entre le pouce et l'index, d'une manière curieuse. Il était plutôt petit et rond de visage, les cheveux clairsemés, le corps un peu empâté, mais il dégageait une force animale peu commune, avec des bras énormes. Je lui donnais tout au plus cinquante ans.

Quand le thé nous fut servi dans de petites tasses très élégantes, il me lança sans autre préambule :

« Alors, il paraît que vous vous intéressez aux gens qui ont autre chose que de l'eau tiède dans les veines ? Racontez-moi un peu ça…

— Ah, fis-je, interloquée, de l'eau tiède dans les veines ? »

Qaraman éclata de rire : « Il n'y a que deux sortes de gens sur Terre, non ? Les chauds et les froids. Selon ce qui coule dans leur corps, on sait à qui on a affaire, vous ne croyez pas ? »

Je m'étais attendue à bien des choses de la part d'un chef militaire kurde, mais certainement pas à une remarque aussi triviale ; je ne sus que répondre sur le coup. Mais déjà Qaraman enchaînait : « Je plaisante, madame Casanova, bien sûr… C'est peut-être maladroit mais ça évite de s'attrister. Depuis que Bérivan Kobané m'a téléphoné d'Erbil à votre sujet, je n'ai cessé de penser à Tékochine et Gulistan ; et je me suis rendu compte que leur souvenir commençait à s'effacer – ah, cet écoulement du temps qui ruine tout… – et j'en ai été peiné, j'ai même trouvé ça choquant, voyez-vous. C'est pour cela que je suis celui des dirigeants de notre révolution qui a le plus plaidé en faveur de votre livre : Tékochine doit vivre autant qu'il se peut. Et Gulistan aussi. Alors, tout ce que je sais sur elles, je vais vous l'apprendre. »

Il esquissa un sourire et ajouta : « Le sang bouillonnait dans les veines de ces deux femmes, c'est ce que je voulais dire tout à l'heure. Avec un sang pareil, rien n'était impossible.

— Je comprends, général. Vous étiez très proche de Tékochine, n'est-ce pas ?

— Appelez-moi Qaraman, j'aimerais autant.

— Je vais essayer…

— Et si vous le permettez, je vous appellerai Rachel. »

Il se leva sans attendre de réponse, et se mit à marcher de long en large, son menton dans la main droite, le front soucieux, comme dévoré par quelque chose d'obsédant. Déroutant personnage, me dis-je… Sa tenue camouflée semblait trop étroite pour son corps massif et il boitait nettement ; ce détail me revint en mémoire : la blessure qu'il avait reçue à la jambe pendant la bataille du Shingal à l'époque du sauvetage des Yézidis, la mission de protection de son arrière-garde confiée à Tékochine, la découverte de Gulistan par cette dernière après le massacre de toute sa famille. Je n'avais pas affaire à n'importe qui.

Qaraman finit par cesser son manège et resta planté devant moi, ses bras énormes croisés sur la poitrine, sa lourde tête penchée sur le côté, l'air d'un enfant malheureux :

« À sa manière, Tékochine était un mystère, commença-t-il. D'ailleurs, ça se voyait rien qu'à son regard : il était fait pour la dissection. Oui, c'était un regard qui disséquait tout. C'est pourquoi elle possédait des yeux… comment expliquer… des yeux qui ne se cachaient pas… Ils fouillaient dans le cœur des gens comme des vrilles pour tout découvrir sur eux, mais avec bienveillance ; elle voulait toujours qu'ils soient meilleurs qu'ils n'étaient, surtout ses amis. Elle les poussait sans cesse dans leurs retranchements.

— C'est ce qu'on m'a dit : elle pouvait être pénible en quelque sorte… »

Qaraman se rassit : « Ça oui… Mais comme elle était encore plus exigeante avec elle-même qu'avec les autres, cherchant le bien collectif plus que le sien, que pouvait-on lui reprocher ? Moi, je lui pardonnais volontiers. Elle avait les défauts de ses qualités, en quelque sorte ; mais c'était une femme qui attirait naturellement à elle, de manière presque envoûtante. Parfois, elle n'avait même pas besoin de parler pour qu'on ressente cet attrait. En Occident, vous nommez cela le charisme, je crois – moi, j'appelle ça de la magie.

— Oh, de la magie ? fis-je, un peu surprise quand même.

— Oui, de la magie, reprit Qaraman avec aplomb ; n'en faut-il pas pour n'être jamais conduit par ses intérêts personnels, pour se moquer à ce point de ce qui peut vous arriver à vous-même ? C'est pour ça, je crois, qu'il y avait toujours une tension en elle-même, comme une guerre civile intérieure entre ce qu'elle était avec ses défauts et ce qu'elle voulait devenir, toujours meilleure. Progresser sans cesse… Il y a des gens comme ça, il ne faut pas trop chercher à comprendre. Naturellement, cela déteignait sur Gulistan ; elle était très timide de nature et tentait d'imiter Tékochine pour tout ; elle y réussissait à merveille, je dois dire. Une sacrée fille… Et de la trempe… Elle avait la mystique de sa commandante. C'est pourquoi, sans doute, elle la vénérait – et réciproquement, d'une certaine manière ; ça tient peut-être à la façon dont elles s'étaient sauvées l'une l'autre, dans le Shingal puis à Kobané… Si vous voulez mon avis, elles avaient sauvé leur corps et leur âme en même temps. Vous connaissez les circonstances de ces deux événements, n'est-ce pas ? »

Qaraman prit un air dubitatif avant d'ajouter : « Indéchiffrable destin, tout de même… Ces choses me dépassent. Mais Gulistan prenait son rôle de garde du corps très au sérieux, comme la plus sacrée de ses missions sur Terre. Elle suivait Tékochine comme son ombre. Un vrai chien de garde – mais d'une incroyable gentillesse ; le contraste entre cette gentillesse naturelle et son air intraitable quand elle protégeait Tékochine était déconcertant. Et bien sûr, tout le monde était bouleversé par l'aspect de son visage – c'est rare un visage partagé en deux, avec une moitié qui exprime une colère constante et une autre qui ressasse le spectacle de toute une famille égorgée, sans oublier la vision d'une sœur qu'on emmène en esclavage et qu'on ne reverra plus. »

Qaraman alluma une nouvelle cigarette d'un air rêveur, l'air soudain ailleurs. J'étais émue par son discours qui continuait à tresser le portrait des deux femmes dont je poursuivais la quête, ciselant les contours de leur être. De manière confuse, je les sentais maintenant attachées à mes pas davantage que moi aux leurs… Étrange sensation… et parfaitement anormale. C'était l'inverse qui aurait dû se produire. Je me demandai avec une sorte de vertige si Tékochine et Gulistan n'allaient pas devenir d'autres moi-même. C'était absurde, et pourtant…

Pour revenir sur terre, je demandai : « En ce qui concerne Gulistan, j'ai l'impression qu'elle parlait peu, je me trompe ?

— Le silence était son univers – elle s'y cachait. Allez savoir pourquoi. C'était une drôle de fille à dire vrai. » Qaraman fit une pause, comme pour méditer quelque chose de très lointain ou de profondément enfoui en lui, puis ajouta : « Le plus intéressant dans tout ça, c'était le lien qui attachait Tékochine et Gulistan ; la force unissant ces deux "sœurs d'armes" a toujours été un mystère pour moi. Bien sûr, on pouvait expliquer leur relation par tout ce qu'elles avaient vécu ensemble et continuaient à vivre ; bien d'autres filles connaissent des liens similaires, d'ailleurs. Et des hommes aussi. Mais, pour Tékochine et Gulistan, je suis certain qu'il y avait quelque chose en plus, de presque surnaturel…

— De surnaturel, vraiment ?

— Pourquoi pas ? J'ai une théorie là-dessus : pour que des circonstances extrêmes fassent émerger des sentiments exceptionnels, il faut que ceux qui y sont confrontés associent, au moins intuitivement, existence et puissance. Qu'en pensez-vous ? Je me suis toujours posé la question. Par puissance, j'entends ce qui constitue quelqu'un de l'intérieur et rien d'autre, bien sûr.

— Ah, dis-je, existence et puissance ? Je n'avais pas songé à les joindre. C'est possible, après tout…

— C'était le cas pour Tékochine et Gulistan. Elles existaient, comme nous tous, à proportion de leur puissance – c'est-à-dire de manière exceptionnelle…

Un air de mélancolie passa dans son regard. Je trouvais ses derniers propos un peu incompréhensibles et changeai de sujet : « Dites-moi, Qaraman : on m'a appris que Tékochine avait été blessée au bras pendant la bataille de Manbij ; mais j'ignore les détails.

— Ça a été une sale affaire, cette blessure… Elle l'a vécue comme une sorte de punition imméritée venue du Ciel. Songez-y : tout au long des combats, elle s'était comportée avec sa hardiesse habituelle – fichue bataille, à propos, incertaine jusqu'au bout – et puis au dernier moment elle a reçu cette balle dans le bras gauche, venue de loin, tirée par l'un de ces snipers qui font tant de dégâts – vous vous croyez à l'abri à sept ou huit cents mètres de la ligne de front et vous mourez d'un seul coup sans comprendre comment… Sa blessure était assez légère – aucun os n'avait été touché – mais Tékochine a mal supporté que ce soit arrivé stupidement, sans raison logique, en quelque sorte. C'est surprenant de penser ainsi mais à partir de cette blessure, elle a eu très peur de mourir pour rien – je dis bien : pour rien. Elle voyait les choses de cette manière : même à la guerre ça existait de mourir pour rien – c'est curieux, non ? Elle voulait bien mourir pour quelque chose, mais pas pour rien… Elle ne m'en a parlé que deux ou trois fois, mais toujours de façon obsessionnelle. Elle avait pris conscience que ça pouvait lui arriver et ça l'angoissait ; c'était l'une de ses fragilités. Ça a peut-être joué le jour de sa mort avec Gulistan, d'autant que celle-ci se reprochait d'avoir commis une faute puisque sa commandante avait été blessée et qu'elle était sa garde du corps ; à partir de là, elle aussi a commencé à se ronger les sangs et à parler de "mort inutile".

— Justement, dis-je, on m'a raconté qu'au moment de leur mort il y avait eu un problème de cartouche manquante ou quelque chose de ce genre… »

Qaraman me jeta un regard inquisiteur mais n'éluda pas la question : « Oui, elles se sont retrouvées avec une seule cartouche pour elles deux au pire moment qui soit, celui du dernier choix. Vous savez comment ça se passe chez nous : le suicide est accepté quand il est l'ultime recours pour ne pas subir d'abominables souffrances, quand il représente cette liberté finale. Ce qu'elles ont dû faire avec cette seule cartouche pour elles deux, je le sais dans ses moindres détails – ce fut admirable et inavouable à la fois – mais avec mes camarades de la direction, nous avons décidé que ce serait la commandante Tulin Clara qui vous l'apprendrait. Cela lui revient : c'est elle qui dirigeait la bataille de Sérikani, c'est elle qui a suivi à la radio les derniers moments de Tékochine et Gulistan. Son rapport est resté secret jusqu'ici, réservé à un nombre restreint de dirigeants pour les raisons que vous connaissez déjà ; mais le temps a passé... Si vous consentez à prendre le risque d'aller rencontrer Tulin Clara dans nos maquis des montagnes de Diyarbakir en Turquie, vous saurez tout.

— C'est une information qui se mérite, c'est cela ? »

Qaraman laissa échapper un sourire las : « C'est entièrement ça, Rachel. Quand vous raconterez l'histoire de Tékochine et Gulistan dans votre livre, il faut qu'elle ait la force des vérités que l'on est allé arracher au péril de sa vie... C'est le prix à payer, c'est ainsi que nous voyons les choses, nous autres ; et je crois savoir par Bérivan Kobané que vous avez déjà fait votre choix.

— J'ai fait mon choix, dis-je, en éprouvant une certaine fierté : j'irai voir Tulin Clara ; dès que vous m'y emmènerez.

— Parfait. Vous serez très protégée, n'ayez crainte. Maintenant, autre chose... »

Il se leva à nouveau et se dirigea en boitillant vers un petit meuble situé dans un angle de la pièce. Il ouvrit un tiroir et en sortit une chemise cartonnée qu'il me tendit :

« On a dû vous apprendre que dans notre mouvement nous sommes très… bureaucratiques. C'est le terme. Nous rédigeons des rapports sur à peu près tout. En la matière, nous sommes incorrigibles. Mais bon, c'est une autre affaire…. Dans cette chemise, Rachel, il y a la traduction en anglais du tout dernier rapport de Tékochine concernant sa participation à la bataille de Raqqa – la plus grande de nos victoires, celle au cours de laquelle nous nous sommes emparés de la capitale de l'État islamique en Syrie, à l'automne 2017. Tékochine s'est battue plusieurs mois dans cette satanée ville, avec beaucoup d'abnégation – une fois de plus, dirais-je – mais ça ne s'est pas très bien terminé pour elle… Et pour Gulistan non plus puisque tout ce qui affectait Tékochine affectait Gulistan et réciproquement. Ce rapport vous apprendra beaucoup de choses sur elles deux et sur le fait qu'il peut y avoir dans certaines circonstances non ordinaires… je dirais… de la grandeur dans la défaite, voilà, c'est ça… de la grandeur dans certains échecs. Elle a connu ça, mais les âmes élevées ont de la difficulté à admettre une telle contradiction. Cela faisait aussi partie de la face sombre de Tékochine. Vous lirez ce rapport avant de vous coucher et nous en parlerons demain matin. »

J'opinai de la tête et posai la chemise cartonnée près de moi. Qaraman se rassit lourdement et ajouta : « Buvons une dernière tasse de thé parce que j'ai encore une chose importante à vous apprendre. »

Il remplit nos deux tasses avec soin, lentement, comme s'il cherchait les mots les plus appropriés pour exprimer quelque chose d'inhabituel, puis il se lança : « Après sa blessure, nous avons mis Tékochine au repos pendant un bon moment – en fait jusqu'à ce que nous ayons absolument besoin d'elle au moment de cette fameuse bataille de Raqqa. C'était la seconde fois après ce qui lui était arrivé dans ce fichu immeuble effondré à Kobané. Nous avions confié son bataillon à quelqu'un d'autre et je dois reconnaître que nous avons obligé Tékochine à se consumer pendant des mois dans un emploi administratif du côté de Derrick, dans l'extrême est du Rojava – un de ces endroits formidables où il ne se passait plus rien depuis longtemps. C'est là qu'elle a fêté ses quarante ans, d'ailleurs. Bien sûr, Gulistan l'avait suivie à Derrick et comme toutes les deux refusaient de se laisser abattre par leur mise à l'écart, elles ont monté une fête mémorable pour cet anniversaire – Gulistan avait un don incroyable pour l'organisation et une mémoire exceptionnelle des détails. Tous les amis qu'elles avaient pu inviter des autres bataillons étaient présents, moi aussi, et également Bérivan Kobané, Asya Khabour et la plupart des gens que vous avez rencontrés, Rachel. Nous avons chanté et dansé une bonne partie de la nuit. C'est au petit matin, juste avant d'aller dormir, que Tékochine m'a confié le secret le plus important de sa vie privée. Quelque chose d'impensable pour nous autres Qadros… »

Qaraman se tut un instant, comme pris de doutes, et je sentis mon cœur battre plus fort devant ce rebondissement inattendu. Son silence se prolongeant, je dis à voix basse : « Si vous le souhaitez, je garderai ce secret pour moi », mais Qaraman refusa d'un geste de la main : « Tékochine n'aurait pas voulu le cacher si elle avait pu.

C'est un secret sans honte. Décidez-en par vous-même : à Derrick se trouvait un petit poste de l'armée française avec une vingtaine de soldats qui étaient là au titre de la coalition internationale contre Daech ; ils s'occupaient surtout de localiser les djihadistes français pour les neutraliser avec notre aide. La plupart de ces soldats faisaient partie des forces spéciales, mais il y avait aussi un officier de leurs services secrets qui parlait couramment le kurde, un certain colonel Bonnaventure – c'était son nom de guerre, naturellement ; personne ne s'appelle ainsi en vrai. Enfin, je pense, mais passons... J'avais rencontré ce colonel à deux ou trois reprises et l'impression que j'en avais gardée m'avait beaucoup troublé : il appartenait manifestement à la même catégorie humaine que Tékochine – ils étaient de la même étoffe si vous préférez. Par exemple, il m'avait dit une fois qu'il vouait une admiration sans borne à Victor Hugo et, notamment, à son poème "Ultime Verba". Il m'avait répeté trois fois de suite les deux derniers vers – et ses yeux étaient traversés de fièvre :

"*S'il en demeure dix, je serai le dixième ;*
*Et s'il n'en reste qu'un, je serai celui-là !*"

Donc, cet officier était assez différent de ses camarades ; il se montrait plutôt impertinent et original – et très sympathique, je dois l'avouer ; pas très beau mais d'une grande élégance. Plein d'une incroyable énergie, surtout. Le genre de personne qui ne refroidit pas avec l'âge, si vous voyez ce que je veux dire. Je me souviens d'un jour en particulier où nous nous trouvions tous les trois avec Gulistan dans une casemate du côté de Tel

Maruf ; nous attendions des nouvelles de l'avancée de nos troupes en direction d'Aïn Issa où nous comptions installer notre état-major avant de lancer l'encerclement de Raqqa. Tékochine avait posé une question très précise à Bonnaventure, comme pour tuer le temps, mais avec beaucoup de sérieux. Elle lui avait demandé : "Colonel, c'est quoi un bon soldat à votre avis ?" Bonnaventure avait répondu sans hésiter : "Un bon soldat est un littéraire mâtiné d'une once de mysticisme. C'est ma définition, commandante ; une définition hors cadre, naturellement." Vous voyez le genre de personnage, n'est-ce pas ? Tékochine avait approuvé en applaudissant des deux mains comme une enfant et Gulistan s'était écriée avec une sorte de férocité joyeuse : "Bien dit, colonel, le reste vient ensuite, la technique et tout ça..." Et aussitôt, sans plus s'occuper de moi, ces trois-là s'étaient mis à l'écart pour continuer à échanger entre eux comme si plus rien d'autre n'avait d'importance ; c'était un peu vexant, je dois dire, mais je ne me suis pas formalisé. À quoi bon ? Ils ont continué comme ça un moment, discutant de la nature du soldat défenseur des siens ou de la nécessité de donner un sens à tout ce que l'on fait quand on doit consentir à mourir et à donner la mort. C'était le genre de discussion qu'ils avaient... Alors, quand Tékochine m'a appris à la fin de cette nuit de fête qu'elle était tombée éperdument amoureuse du colonel dès leur première rencontre et que celui-ci était tout aussi fou d'elle, je n'ai été qu'à moitié surpris : ces deux-là pouvaient ne faire qu'un – et ils avaient commencé à ne faire qu'un. Tékochine a ajouté qu'elle entretenait cette liaison passionnée depuis plusieurs mois et ne comptait pas y mettre fin – pour rien au monde. Et elle essaya de me convaincre, pour finir, qu'elle pouvait faire la guerre et aimer en même temps.

« J'aurais dû punir instantanément Tékochine pour avoir enfreint les règles de base d'une Qadro – chez nous, les bataillons de Yapajas sont comme des couvents militarisés, on a dû déjà vous le dire – mais je m'y suis refusé. J'aimais beaucoup Tékochine et si son cœur battait pour un homme, qui étais-je après tout pour la juger ? J'ai vu trop de malheur et de souffrance pour ça ; alors, j'ai accepté de passer outre moi aussi nos règles. J'ai décidé que cela resterait un secret absolu.

« Grâce à Gulistan qui protégeait comme une lionne chacune des rencontres de Tékochine et du colonel Bonnaventure, ils ont vécu leur passion avec un certain bonheur, je crois. Ils n'ont pas cessé de s'influencer l'un l'autre aussi longtemps que le destin leur a souri. C'était l'amour dans la guerre. Ce sont des choses incompréhensibles à ceux qui n'ont jamais été jetés dans la tourmente.

« Par la suite, je ne les ai revus ensemble qu'une seule fois, dans une réunion d'état-major à Qamichli ; l'amour qui les liait était si visible et puissant que je me suis demandé comment il se faisait que personne ne s'en soit encore aperçu. J'étais heureux pour eux ; et je me convainquais assez facilement qu'une histoire d'amour aussi ardente ne pouvait qu'abreuver de bonheur un pays comme le nôtre.

« Sachez pour finir, Rachel, que ce colonel Bonnaventure a été tué le lendemain de la mort de

Tékochine. C'est une singulière histoire là aussi : comme tous les soldats français, il avait reçu l'ordre de quitter le Rojava le lendemain de l'offensive turque d'octobre 2019 mais il s'y était refusé ; après avoir démissionné de son armée pour ne pas nous trahir lui aussi et rester à nos côtés, il s'était démené auprès de nous pour qu'on l'envoie sur le front de Sérikani ; il a combattu à moins d'un kilomètre de Tékochine – ils se parlaient sans cesse à la radio et il a suivi ses derniers moments. Je vous laisse imaginer ce qu'il a pu ressentir… Ces deux-là ne pouvaient pas vivre séparés si vous voulez mon avis – dans la vie comme dans la mort.

« Voilà, Rachel, vous en savez un peu plus désormais. Lisez le rapport de Tékochine sur Raqqa et nous en parlerons demain matin comme je vous l'ai proposé. Maintenant, permettez-moi de me retirer : beaucoup de travail m'attend, nous sommes loin de tout au cœur de ces montagnes… Vous dormirez dans cette pièce ; je vais vous faire porter des couvertures, des coussins, tout le nécessaire, et un repas vous sera servi avant la tombée du jour. »

## CHAPITRE VI

Encore sous le choc de cette histoire d'amour inattendue entre Tékochine et un officier français, j'ouvris le rapport remis par Qaraman. Il était daté du 3 octobre 2017 et rédigé avec la sécheresse habituelle des choses administratives malgré les terribles événements qu'il relatait ; je le retranscris tel quel par fidélité :

*De la camarade Tékochine, commandante du* tabur *Shahid Arin Mirkan, à l'état-major d'Aïn Issa, salut !*

*Compte tenu des pertes élevées subies par mon unité le 29 septembre 2017 sur la troisième ligne de défense que je commandais ce jour-là dans le secteur ouest de Raqqa – pertes qui auraient pu être évitées – je me dois de détailler ce qui s'est passé les jours précédents afin d'éclairer l'échec de cette journée dont j'assume l'entière responsabilité.*

*Voici donc : Le général Qaraman m'ayant donné instruction le 25 septembre de faire mouvement depuis l'est de Raqqa vers l'ouest pour tenir de nouvelles positions sur la troisième ligne de front de ce secteur de la ville, j'ai rassemblé mes Yapajas et longé d'abord la périphérie nord de la ville avec les véhicules de support fournis par le service logistique de l'état-major. Pour la nuit, j'ai cantonné avec le bataillon de la camarade Nasrine Abdallah. Je dois émettre ici un avis critique sur notre approvisionnement en vivres : les rations prévues ne nous sont parvenues que très tardivement – par des camions en mauvais état qui étaient tombés en panne en venant de Kobané – et j'ai dû patienter jusqu'à 11 heures du soir pour ravitailler ma troupe. Je souligne que celle-ci n'a émis aucune plainte.*

*Nous sommes reparties au petit matin, à pied compte tenu des nombreuses rues coupées par des ruines et des obstacles de toute nature. Nous nous sommes dirigées vers le sud-est de Raqqa dans l'objectif de contourner les violents combats qui se déroulaient dans le secteur, avec d'intenses bombardements, et de gagner sans perte d'effectifs la troisième ligne de front qui m'avait été assignée. Nous l'avons atteinte ce même jour à 18 heures.*

*Le lendemain 27 septembre, sans préavis aucun, la camarade Abdallah, commandant le secteur, a mis mon bataillon en alerte pour monter en première ligne sans délai. Les unités arabes de nos Forces Démocratiques Syriennes venaient d'être débordées par une contre-attaque des terroristes de Daech et refluaient en désordre, menaçant de nous faire perdre tout le terrain conquis depuis un mois. Je n'avais pas disposé du temps nécessaire pour prendre en compte les plans de cette zone – même les quelques Yapajas arabes de mon bataillon ne la connaissaient pas – et je ne disposais d'aucune des tablettes numériques fournies par les Américains. Nous avons dû progresser vers l'est en « marche tactique », ce qui nous a fait perdre beaucoup de temps. C'est seulement en parvenant sur la seconde ligne avant le front que nos camarades sur place ont pu nous fournir quelques éclaireurs. Une heure plus tard, en arrivant au niveau du front, j'ai constaté que les bombardements de la coalition avaient cessé car ils ne pouvaient plus appuyer nos forces au sol, celles-ci étant trop imbriquées avec les terroristes qui continuaient à progresser maison par maison. Nos alliés arabes connaissaient une forte baisse de moral. Utilisons ce terme pour ne pas parler de panique. Ils traînaient quelques blessés mais en avaient abandonné beaucoup derrière eux, ainsi que tous leurs morts. Je n'ai rien laissé paraître de mes sentiments, suivant à la lettre les instructions politiques concernant nos alliés arabes. Malgré les renforts que nous représentions, ils ont refusé de retourner au combat. Je pense qu'ils ne voulaient pas que des femmes leur donnent quelque leçon que ce soit. À ce moment-là, nous avons constaté que les terroristes marquaient une pause dans leur avance, sans doute pour reprendre leur souffle. J'en ai profité pour m'organiser et surtout pour repérer leurs principales positions dans les monceaux de ruines nous faisant face. J'ai donc préparé ma contre-attaque sans l'appui de nos alliés arabes.*

*Il était 14 heures lorsque je me suis estimée prête : j'avais disposé l'ensemble de mes snipeuses sur les toits des immeubles les moins détruits, sur environ trois cents mètres de profondeur, dans un axe nord-sud couvrant l'alignement des trois rues par lesquelles je comptais progresser et attaquer simultanément. Mes armes collectives, mitrailleuses de 12,7 et mortiers de 120, étaient en place pour appuyer mes combattantes et fixer l'ennemi, les mitrailleuses dans des embrasures de fenêtres renforcées de sacs de sable, les mortiers à l'abri de deux bâtiments situés à cinq cents mètres de la ligne de front. Par radio, j'ai vérifié auprès de la commandante Abdallah que ses ordres étaient inchangés. Elle m'a confirmé que je devais repousser dès que possible les terroristes d'au moins un pâté d'immeubles puis revenir sur mes positions de départ afin d'augmenter la distance d'imbrication. L'aviation interviendrait alors pour écraser l'ennemi.*

*À 14 h 15, j'ai fait donner les mortiers en leur demandant des tirs de saturation ininterrompus sur les immeubles bordant les trois rues. À 14 h 20, j'ai ordonné la même chose à toutes mes mitrailleuses, et l'assaut a été lancé aussitôt après. J'ai pris la tête du groupe central, hévala Gulistan à mes côtés, que j'avais décidé de nommer adjointe de ce groupe pour la circonstance.*

*Il est clair que les terroristes ne s'attendaient pas à être attaqués aussi rapidement. Il est clair aussi qu'ils étaient épuisés car nous n'avons guère eu de mal à les bousculer et à les repousser. Ils ont peu résisté. Nous n'avons pas eu à lutter au corps à corps et les combats rapprochés à la grenade ont été rares. Je dois citer ici le courage des camarades Naoruz et Sido qui ont détruit plusieurs positions situées dans les caves que nous avons dû nettoyer une à une. À 14 h 50, conformément à mes instructions, j'ai fait revenir toute mon unité sur nos positions de départ et laissé agir l'aviation de la coalition qui est intervenue à 14 h 55. Les bombes ont détruit tous les immeubles où les terroristes s'étaient abrités. Nous avons alors fait mouvement vers l'arrière pour gagner la troisième ligne du front, conformément aux ordres initiaux.*

*Mes pertes ont été de quatre martyres et douze blessées, dont cinq graves. Vous trouverez en annexe les noms de ces braves camarades.*

*Vous trouverez également, jointe à ce rapport, une série de dix-huit téléphones portables que nous avons récupérés sur des cadavres ennemis. Ils comportent tous, comme de coutume, des vidéos d'exactions, notamment sur les populations civiles, filmées par les propriétaires de ces téléphones. Dans ceux numérotés 4, 9 et 11, se trouvent les scènes les plus susceptibles d'être qualifiées de crimes de guerre ou de crimes contre l'humanité, et que vous pourrez transmettre à notre service de documentation. Il y a notamment une scène où l'on distingue parfaitement les visages de cinq terroristes en train de mettre à genoux dans un parking une famille d'une dizaine de personnes dont six enfants. Il s'agit manifestement d'Arabes ayant tenté de s'échapper de Raqqa afin de ne plus servir de boucliers humains et que les terroristes venaient de rattraper. On voit ces derniers tuer tous les membres de cette famille, enfants compris, les uns après les autres à bout portant, puis les décapiter.*

*À 15 h 45, le général Qaraman m'a informée que mon bataillon était mis au repos pour une semaine. J'ai fait cantonner mes Yapajas du mieux que j'ai pu dans les rares maisons épargnées par les bombardements. Ces maisons étaient très dispersées et je reconnais avoir fauté en éparpillant mes forces.*

*Pour terminer cette première partie de mon rapport, j'ajoute que les munitions demandées à 16 heures pour compléter ma dotation initiale très entamée par l'assaut, ne me sont parvenues que le lendemain soir, mettant en péril la sécurité de mon bataillon.*

*J'en viens maintenant au désastre de la journée du surlendemain, 29 septembre. Il était 7 heures du matin lorsqu'une centaine de terroristes ont surgi un peu partout autour de nous, équipés d'armes légères, de lance-roquettes, et munis pour nombre d'entre eux de gilets explosifs. L'enquête que j'ai menée le lendemain a montré qu'ils avaient utilisé quatre souterrains qui débouchaient dans des jardins ; les sorties de ces souterrains étaient camouflées dans des appentis ou des hangars. Nous avons donc été prises par surprise et je n'ai pu organiser notre résistance qu'en donnant par radio l'ordre à toutes mes chefs d'unité de se défendre comme elles le pouvaient, chacune là où elles se trouvaient, en attendant les renforts que j'ai aussitôt demandés à la camarade Abdallah. Il était impossible de faire appel à l'aviation de la coalition compte tenu de l'extrême confusion dans laquelle nous nous trouvions et des risques très élevés de tirs fratricides.*

*Nous n'avions pas pris le temps d'organiser des postes de défense dans les maisons où nous cantonnions et nous avons dû nous battre deux heures durant sans beaucoup de protections face à des terroristes qui avaient tous décidé de mourir. Quand les renforts sont parvenus dans notre secteur – je tiens à remercier ici le camarade Ahmed Afrine et son bataillon pour leur promptitude – nombreux ont été les terroristes qui se sont jetés sur eux en se faisant exploser pour les empêcher de faire la jonction avec nous, d'où leur retard et la durée du combat.*

*Mais à 8 heures du matin, peu avant ces événements, nous étions déjà dans une situation très critique. J'avais à déplorer quatorze martyres et quarante-deux blessées qu'il m'était impossible d'évacuer. Nos munitions commençaient à diminuer dangereusement. Trois de mes unités retranchées dans de simples maisons, celles où elles avaient dormi, étaient isolées et encerclées. Deux estimaient pouvoir tenir jusqu'à l'arrivée des Yapagués d'Ahmed Afrine, mais la troisième allait se faire submerger. Elle était commandée par héval Ilham, l'une de mes meilleures adjointes, une Yézidie de Shingal. J'entendais à la radio les explosions incessantes des roquettes lancées par les terroristes contre ses filles qui faisaient ce qu'elles pouvaient pour tenir le choc. L'ennemi avait dû acheminer un nombre considérable de roquettes depuis leurs tunnels. Si je voulais sauver ce qui pouvait l'être encore des survivantes de l'unité d'Ilham, il me fallait agir sans tarder. De mon côté, je m'étais retranchée dans une ancienne usine qui offrait de bonnes positions de défense et j'ai pu repousser quatre assauts successifs.*

*C'est à ce moment-là que ma garde du corps, la camarade Gulistan, m'a suppliée de la laisser monter une contre-attaque sur les arrières du groupe de terroristes encerclant Ilham. Il se trouve qu'elle m'avait demandé la veille d'aller au-devant du convoi qui devait nous ravitailler en eau et en vivres pour le presser d'arriver car il tardait. Elle était partie à l'aube avec dix de nos Yapajas, et l'attaque des terroristes l'avait surprise à l'extérieur du périmètre qu'ils occupaient. Elle était cependant à portée de fusil de la maison occupée par Ilham et me pressait de lui porter secours. Bien que largement inférieure en nombre, elle bénéficierait de la surprise si elle attaquait l'ennemi sur ses arrières et le plus violemment possible.*

*L'opération relevait de la folie mais je l'ai autorisée compte tenu des circonstances. Je pouvais difficilement interdire à une Yézidie de porter secours à une autre Yézidie.*

*Gulistan a mené cette attaque avec une telle audace qu'elle a réussi au-delà de nos espérances. Nous avons subi de lourdes pertes mais la moitié de l'unité d'Ilham a pu être sauvée et regagner nos lignes à l'arrivée des renforts du bataillon d'Ahmed Afrine.*

*En résumé, je dois reconnaître les fautes suivantes :*

*— Lorsque j'ai pris position sur la troisième ligne du front la veille de cette attaque des terroristes, j'ai relâché ma vigilance par excès de confiance. L'excuse de la fatigue ressentie à l'issue des combats qui venaient d'avoir lieu ne peut être invoquée valablement.*

*— Je n'ai pas ordonné à mes Yapajas de fortifier les maisons où elles avaient pris position pour la nuit en vue d'y cantonner les jours suivants. Si nous avions installé des postes de combat sur les toits et à chaque fenêtre, nous aurions été mieux à même de faire face à l'attaque des terroristes.*

*— Surtout, à mon arrivée sur cette troisième ligne du front, j'ai négligé de mener une investigation sérieuse du secteur pour y chercher d'éventuelles sorties de souterrains alors que cette pratique de nos ennemis est bien connue.*

*Par conséquent, j'admettrai sans peine d'être relevée du commandement du bataillon* Shahid Arin Mirkan.

*Signé : hévala Tékochine*

## CHAPITRE VII

Je me couchai très agitée, ne sachant comment interpréter ce que je venais de lire ; je m'en ouvris à Qaraman dès qu'il réapparut le lendemain dans sa tenue de combat trop ajustée, sa kalachnikov à la main comme un simple combattant. Il s'assit sur les coussins à côté de moi et ne manifesta tout d'abord aucun sentiment particulier en m'écoutant, hochant simplement la tête d'un air préoccupé ; mais dès que le thé fut servi par Hovan, il dit :

« En réalité, on ne pouvait rien reprocher à Tékochine. Elle ne s'était pas véritablement relâchée en arrivant sur cette troisième ligne de défense. Elle exagérait sa faute si je puis dire – toujours cette fichue volonté de perfection ou d'absolu ; ça l'habitait jusqu'à la ronger. La vérité, c'était qu'après le tout premier combat, ses Yapajas étaient éreintées et avaient perdu de nombreuses camarades, tuées ou blessées, comme vous l'avez lu. Leur moral ne devait pas être fameux ; il faut que vous vous rendiez compte que le rapport de Tékochine – comme tous les rapports de ce genre – laisse volontairement de côté l'enfer que vivent les combattants. Moi, je peux vous dire ce qu'il y a derrière la froideur de ces pages de papier, Rachel : le stress constant qui ébranle les nerfs les plus solides, les visions d'horreur qu'il faut supporter jour et nuit, le bruit dantesque des bombardements et des explosions. Ces rapports ne disent rien des incendies qui embrasent tout ce qui fait une vie humaine, ils ignorent les cadavres en putréfaction, ils évacuent les odeurs de charogne, ils laissent de côté les ruines et les décombres fumants dans lesquels il faut vivre et mourir. La bataille de Raqqa a été apocalyptique. Alors, au soir du 27 septembre, après cette journée de combat – une parmi tant d'autres – Tékochine a d'abord songé à ménager sa troupe ; elle aimait ses filles, vous le savez ; ce n'était pas de la chair à canon et elle se voyait mal les envoyer en patrouille, dans l'état où elles étaient, à la recherche d'éventuels tunnels ou de je ne sais quoi d'autre. J'aurais fait la même chose à sa place – et j'imagine sans peine ce que Tékochine a fait ce soir-là : elle a pleuré ses Yapajas tuées à l'ennemi. C'est tout – et Gulistan ne devait pas être en reste. Un dernier point maintenant : si elle l'avait voulu, Tékochine aurait pu justifier son manque de précautions là où elle se trouvait parce que, techniquement parlant, elle n'était plus en première ligne. De toute façon, ce sont des choses qui arrivent tout le temps à la guerre.

— Elle a joué de malchance, alors ?

— D'une certaine manière, admit Qaraman. C'est pour cette raison que l'état-major lui a laissé le commandement de son bataillon ; en fin de compte, elle avait réagi au mieux à cette attaque-surprise et avait ensuite neutralisé les attaquants avec l'aide d'Ahmed Afrine

– c'est ce qui importait. De surcroît, nous avions besoin d'elle pour la suite de la bataille. Raqqa n'est tombée qu'un mois plus tard. »

Qaraman ferma à demi les yeux et j'aurais pu le croire fatigué d'avoir tant parlé si je n'avais constaté le mouvement de ses mains qui ne cessaient de caresser l'acier de la kalachnikov posée devant lui ; je décidai d'attendre. Soudain, des rafales d'armes automatiques claquèrent à l'extérieur de la grotte, très proches. Je sursautai : Qaraman me fit signe de rester assise : « C'est jour d'entraînement, grogna-t-il avec une mimique d'excuse, j'aurais dû vous prévenir. » De nouvelles rafales éclatèrent et je répondis : « On va considérer que ça me met dans l'ambiance pour la suite, quand j'irai dans vos maquis en Turquie…

— J'espère que vous n'entendrez pas de coups de feu là-bas. Ce serait mauvais signe… Mais laissons cela ; je voudrais poursuivre sur Tékochine. Cette journée du 29 septembre 2017 a été l'un des tournants de son existence, comme l'avait été sa blessure à Manbij ou sa rencontre avec le colonel Bonnaventure – ou encore, bien sûr, le sauvetage de Gulistan dans le Shingal et l'épreuve de l'immeuble de Kobané. Quelques jours plus tard, nous avons parlé de cette journée tous les deux et elle m'a dit : “Je ne sais plus quoi en penser, Qaraman… Est-ce que c'était un échec dans lequel mes Yapajas ont prouvé malgré tout leur grandeur, ou est-ce que c'était au contraire un succès sans grandeur à cause des fautes commises ?” Un peu agacé, je lui ai répliqué qu'elle se torturait inutilement : “Tout cela est sans importance, d'autres combats nous attendent et vont nécessiter toutes tes forces, alors, garde-les pour ça, s'il te plaît." Elle m'a répondu : "Gulistan pense comme toi… Mais Gulistan s'est bien comportée ce jour-là, alors que moi… je me suis… c'était… Surtout, j'ai mis sa vie en danger pour rien, Qaraman – pour rien. Elle aurait pu être tuée par ma faute. Si la veille, j'avais fait ce qu'il fallait, nous aurions découvert ces tunnels, c'est certain, et toutes mes filles seraient encore en vie…" Voilà le genre de pensées qui tourmentaient Tékochine. Vous y comprenez quelque chose, vous ? »

Une idée me vint brusquement : « Vous croyez que ce genre de culpabilité a joué le jour de sa mort ? »

Qaraman me dévisagea d'un air dubitatif : « Vous pourrez bientôt vous faire votre idée là-dessus. D'ici une semaine vous serez dans nos maquis de Diyarbakir et vous pourrez poser votre question à Tulin Clara ; elle vous racontera les derniers jours de Tékochine et Gulistan. En attendant, Hovan et Diljuar vont vous ramener à Erbil. Tout est prêt pour votre passage en Turquie, mais ce ne sont pas eux qui vous escorteront ; ils vous donneront les détails en chemin. Allez maintenant, la voiture est prête. J'ai été content de vous connaître. »

Après un voyage de retour sans histoires, je retrouvai « l'Auberge des deux roses » à Erbil, plus que jamais résolue à prendre les risques nécessaires pour découvrir la dernière partie du destin de Tékochine et Gulistan. Tékochine avait-elle voulu se racheter de Raqqa ? Autre chose ? Tout cela devenait mien désormais, par une sorte de nécessité fatale.

Hélas, Diljuar me prévint dès l'arrivée à Erbil que je devrais patienter trois jours, le temps que l'on fasse passer de Syrie en Turquie – à ce que je crus comprendre – l'homme devant m'escorter pendant mon voyage clandestin vers les maquis de Diyarbakir.

La première chose que je fis une fois installée fut d'appeler en Australie, très excitée par ce que j'allais apprendre à Jim – d'autant que j'admettais avec une certaine forme de reconnaissance maintenant, qu'il avait eu raison depuis le début : je tenais l'une des plus belles histoires de ces dernières années. C'est d'ailleurs la première chose qu'il me rappela après avoir décroché. Puis, il me lança d'une voix de convoitise blasée : « Rachel, je suis sur les charbons ardents rien qu'à l'idée de ce que vous allez me raconter ; je ne sais pas encore comment se termine l'histoire de ces deux combattantes kurdes, mais je sens que ça relève de l'exceptionnel – j'ai du flair, vous le savez… » Je me gardai bien de le contredire, imaginant ses gros yeux de caméléon fixant avec gourmandise la baie de Sydney, et lui fis le récit détaillé de mon voyage chez Qaraman ainsi que de toutes mes rencontres : Hovan, Diljuar, Asya Khabour… Il exultait : « Nous y sommes presque ; encore un effort et nous y serons définitivement, bravo Rachel, je ne m'étais pas trompé en mettant mes espoirs en vous. » J'allais le couper quand il changea tout à coup de registre pour m'annoncer « une nouvelle extraordinaire » – en tout cas, selon lui : « Quelqu'un est revenu des enfers, figurez-vous. Vous voyez à qui je fais allusion ? Non ? Ted Singleton lui-même, ma chère ! Il a deux ou trois choses à vous déclarer, paraît-il. Attendez une minute, je vous le passe. »

Je n'en revenais pas. Le vieux Ted était réapparu… Je l'aimais bien. Son livre sur le lieutenant Wells – ce type invraisemblable qui avait coulé son navire pour le punir d'une forfaiture – ne m'avait guère marquée à l'époque de sa sortie mais son souvenir m'était revenu avec netteté lorsque j'avais commencé à m'interroger sur la proximité mentale de ce Wells avec Tékochine. Improbable rapprochement – mais tout de même… Lui et elle, elle et lui : des âmes romanesques égarées en ce bas-monde ? Avec, évidemment, ce colonel Bonnaventure en supplément – sans oublier Gulistan. Ted interrompit ma rêverie : « Alors, Rachel, toujours vivante ? me lança-t-il joyeusement au téléphone. Moi, je reviens de loin. Il paraît que tu fricotes avec des gens remarquables ? Tant mieux, je t'envie… Je ne connais pas personnellement ces Kurdes, mais j'ai tout lu sur eux, figure-toi.

— Tout lu ? Vraiment ?

— Presque…

— De toute façon, te voilà rentré sur Terre, repris-je. Je t'avais cru réfugié sur la Lune ou dans un endroit similaire. Je me demande si ton retour n'est pas un signe incroyable… Sache que lorsque le boss m'a appelée dans son bureau pour me confier ce reportage sur les combattantes kurdes, ça a commencé comme dans ton livre, *Le Naufrage du lieutenant Wells*, Ted – au mot près…

Et Tékochine, la commandante dont je suis la trace m'a l'air de la même espèce que ton Wells. Tu crois que c'est possible ? »

Il sembla réfléchir puis rétorqua d'un ton plus sérieux qu'il ne paraissait : « Va savoir… Possible, après tout. Peut-être qu'un certain type d'âme existe de tout temps et dans toutes les sociétés… C'est intéressant. » Il se mit à rire et, dans le téléphone au loin, j'eus l'impression d'entendre des bruits de cailloux roulant sur une pente : « Si ta Tékochine et ta Gulistan ressemblent un tant soit peu à Wells, prends garde – elles vont déteindre sur toi. Je sais de quoi je parle ; fais attention…

— C'est que je me suis attachée à ces deux filles, Ted. Pour un peu elles sont moi et je serais elles… Bon, je divague…

— Raison de plus. Crois-moi : à force de côtoyer ce genre de personnages, on devient un peu comme eux et le bordel commence. »

Je dis : « Et si ce n'étaient tout bonnement pas des gens de notre temps ? Ou alors, au contraire, des gens de tous les temps ? Tu en penserais quoi, toi ? »

J'entendis à nouveau le rire de Ted, tout là-bas en Australie : « Ça se pourrait bien, ma chère Rachel. C'est peut-être même certain. Mais pour le boss, elles sont aussi autre chose ; il m'a annoncé que pour le journal, il verrait bien un intertitre du style : “les héroïnes fragiles”. Tu vois le genre… Il a sans doute raison. Mais toi, ne te laisse pas piéger – ne traverse pas cette frontière, ne fais pas comme moi avec Wells, reste à ta place. »

Il y eut un silence, j'entendis des interférences dans le téléphone, puis la voix lointaine du vieux Ted répéta : « Oui, pas comme moi… » Et cette voix ajouta d'une manière indéchiffrable : « Attention à ce que tes deux héroïnes ne se vengent pas sans le vouloir… »

# TROISIÈME PARTIE

## *Sérikani – la trahison*

## CHAPITRE I

L'hôtel Caravansérail à Diyarbakir possédait le charme désuet des anciennes bâtisses ottomanes : les chambres étaient immenses, avec d'épaisses portes capitonnées à double-battant, des rideaux de velours aux fenêtres – presque toujours tirés en cette saison à cause de la lumière aveuglante – et des moulages en stuc aux plafonds, représentant toutes sortes de scènes directement tirées des *Mille et Une Nuits* – c'est du moins ce que prétendaient certains, mais nul n'en savait rien en réalité. Quoi qu'il en soit, on y dormait dans des lits à baldaquin aussi longs que larges, le mobilier était soigneusement damasquiné et les planchers de chêne couverts de tapis persans qui avaient dû être magnifiques jadis. Les couloirs étaient interminables et tapissés de tableaux à la gloire de batailles oubliées depuis longtemps, ou de personnages en uniforme dont les noms ne disaient plus rien à quiconque ; le rez-de-chaussée se composait d'une succession de voûtes et d'arcades où se trouvait la réception – beaucoup trop vaste pour les lieux et sans chaleur aucune : le sol y était de marbre gris et les murs couverts de grands miroirs marbrés de noir par le temps. Des balcons de bois ouvragés couraient à chaque étage et les moucharabiehs de leurs fenêtres donnaient sur des rues piétonnes où l'on ne voyait jamais personne. Enfin, les murs du dernier étage étaient percés d'une série de meurtrières au-dessus desquelles se dressaient les créneaux qui couronnaient le toit. Dans ce château fort endormi, les employés coiffés de fez rouges se déplaçaient sans le moindre bruit, pareils à des ombres, et partout la fraîcheur se montrait l'alliée du silence pour que l'écoulement du temps semble l'affaire d'un autre monde.

On m'avait réservé la chambre 123. Elle s'ouvrait sur un jardin intérieur agrémenté de tonnelles, d'un puits à margelle, et d'une fontaine dont l'eau vive cascadait en tintinnabulant. Deux jours avaient passé et j'attendais.

À Erbil, je m'étais conformée point par point aux consignes fournies par Diljuar : j'avais pris un bus irakien pour Silopi en Turquie, pleine d'appréhension tout de même – je me retrouvais seule pour la première fois – et à la frontière, j'avais inscrit « touriste » sur la fiche de police qu'un employé revêche m'avait tendue ; mais il avait tamponné mon passeport sans me poser la moindre question ni même me dévisager, et les battements de mon cœur avaient repris un rythme normal – à vrai dire, les touristes étant nombreux dans la région, je pouvais aisément passer inaperçue. Cette première partie du plan se révélait moins risquée que je ne l'avais craint. De Silopi, j'avais ensuite gagné Diyarbakir avec un autre bus qui m'avait déposée au Caravansérail par une fin d'après-midi ensoleillée.

Depuis, je patientais dans ma chambre. Je devais y rester jusqu'à ce qu'un émissaire me contacte ; d'après Diljuar, mon attente serait brève : un homme viendrait très vite et je n'aurais qu'à suivre ses instructions pour la partie réellement clandestine de mon voyage, lorsqu'il me faudrait disparaître pour de bon. Afin de justifier mon peu d'intérêt pour la ville et les circuits touristiques, j'avais prétexté un vague problème de santé auprès de la direction ; elle s'était montrée polie, forcément navrée, mais n'avait pas proposé d'appeler un médecin – tout le monde s'en fichait, c'était rassurant.

Le surlendemain de mon arrivée, j'entendis frapper discrètement à la porte. J'ouvris : l'homme qui me saluait avec une componction d'un autre âge était Mohamed, mon guide officiel de Kobané… S'il y avait quelqu'un que je ne m'attendais pas à revoir, c'était bien lui, malgré toute la sympathie qu'il m'avait inspirée. Un instant je craignis le malentendu et ne sus quelle contenance adopter. Mais déjà Mohamed me priait sur un ton insistant : « Puis-je entrer ? C'est moi que vous attendez, n'ayez crainte…

— Bien sûr, bien sûr », m'empressai-je de répondre – et pour recouvrer un peu d'assurance, je proposai : « Voulez-vous que je prépare du thé ? il y a tout ce qu'il faut dans la chambre. Venez, ne restez pas dans le couloir. »

Mohamed entra, s'assit dans l'un des fauteuils, et dit : « Pour le thé, c'est inutile. Je vais repartir très vite ; aux yeux des Turcs, je suis un honorable Kurde de Syrie en visite chez des membres de sa famille ; malgré tout, je préfère être prudent. Je suis content de vous revoir, vous savez. »

Je m'assis à mon tour : « Moi aussi, Mohamed, mais… vous pouvez m'expliquer quand même ? » Il dodelina de la tête, embarrassé : « Bien entendu ; pardonnez-moi, je n'ai pas pu le faire avant, c'était… compliqué. Vous vous souvenez du cimetière militaire de Kobané, n'est-ce pas ? » Je répondis doucement, me demandant où il voulait en venir : « C'est parce que vous m'avez permis de le visiter que je suis ici, Mohamed ; tout un enchaînement a suivi. » Il parut se tasser dans son fauteuil : « Je sais… C'est assez simple, en fait… Si je vous ai emmenée dans ce cimetière malgré l'interdiction des autorités, madame Rachel, c'est parce que je ne supportais plus ce que les officiels vous racontaient à propos des Kurdes. Voilà la raison : tous ces mensonges, cette humiliation… leur occupation… Entendre cela à longueur de journée quand on est kurde, comme moi, ça a été trop tout d'un coup… Déjà que le courage m'avait manqué pour venger la disparition de mes parents, comme je vous l'avais dit – et que je m'y étais résigné… Et puis, quand vous êtes venue, c'était comme un petit bout de liberté qui arrivait dans ma prison – les gens libres ne peuvent pas se représenter une telle chose. Et alors, je me suis demandé ce que mes parents penseraient de moi s'ils savaient que je n'avais pas fait justice pour eux, d'une manière ou d'une autre – et dans cette vie plutôt que dans une autre… J'avais honte. Pourquoi est-ce que je renonçais ? Pourquoi est-ce que je ne me battais pas puisque beaucoup le faisaient déjà ? Le lendemain de votre départ, j'ai repensé à vous. Je me suis dit : Madame Rachel est partie à Erbil rencontrer Bérivan Kobané pour servir à quelque chose et moi je reste là sans rien tenter de vraiment utile... J'ai remué ça dans ma tête pendant des jours ; ça me travaillait tout le temps. Et puis, d'un seul coup, un soir, j'ai décidé que je n'en pouvais plus du mensonge et de ma prison. Je dis bien : j'ai décidé – c'est étrange que pour une chose pareille on décide de manière aussi... rationnelle... et non affective en quelque sorte – pourtant c'est comme ça : j'ai jugé que ce n'était plus supportable ; j'ai donc pris la plus importante décision de ma vie, madame Rachel : j'ai recontacté des amis que je savais dans la résistance clandestine et je leur ai annoncé que, désormais, je voulais en être moi aussi – et je leur ai proposé mes services. Mes amis m'ont félicité – ils manquent de monde, c'est certain, la répression est féroce. Ils ont exigé que je conserve mon poste pour le moment – je pouvais être très utile au sein des organismes d'État – tout en me promettant d'autres missions en temps utile. C'est venu vite, comme vous le voyez... Il y a une semaine, l'un de nos chefs m'a proposé de m'occuper de vous. J'étais stupéfait : m'occuper de vous comment? j'ai demandé. On ne m'a pas précisé. Je devais dire oui ou non. J'ai répondu oui, bien entendu, même sans savoir ; ce chef m'a expliqué alors que compte tenu de ma position officielle, j'étais celui qui conviendrait le mieux pour un voyage en Turquie avec vous : si on nous prenait ensemble, vous pourriez toujours prétendre que nous nous étions tellement bien entendus à Kobané que vous m'aviez sollicité pour être votre guide dans un voyage privé. Voilà toute l'histoire, madame Rachel : je suis chargé de vous servir d'interprète et de vous accompagner jusqu'au camp de Tulin Clara. »

Il se leva pour me serrer la main cérémonieusement : « Ne dites rien, fit-il avec beaucoup d'émotion dans la voix ; il est temps que je m'en aille, c'est préférable – sait-on jamais… Je reviendrai demain matin avec une voiture. Je la conduirai moi-même. Nous partirons pour un village du nom de Bildir ; c'est dans la montagne à une demi-journée de route vers le nord-est. Un site touristique assez isolé. Pour notre couverture, c'est parfait ; nous avons là-bas des partisans qui nous logeront officiellement chez eux, dans une auberge, la seule de la région. Ensuite, ce sera plus compliqué. Une dizaine de nos maquisards nous rejoindront dans la nuit : votre escorte. Il faudra repartir avant l'aube, à pied, sans que personne nous repère – c'est la partie la plus délicate du voyage. Nous aurons à marcher trois jours dans les montagnes pour arriver chez Tulin Clara. Bien sûr, il faudra faire attention aux patrouilles turques et à leurs hélicoptères surtout. Voilà, j'ai terminé. Tout est OK pour vous, madame Rachel ?

— Tout est OK pour moi, Mohamed. »

## CHAPITRE II

Depuis deux heures, nous roulions sur une route de plus en plus étroite et cabossée, serpentant dans des contreforts montagneux de moins en moins verdoyants ; nous montions sans cesse mais les reliefs étaient encore doux et l'air toujours tiède. Le soleil éclairait un ciel d'un bleu opalescent strié de filaments de nuages immobiles posés sur la ligne d'horizon ; des odeurs entêtantes de forêt pénétraient par les fenêtres ouvertes ; les voitures venant en sens inverse étaient rares. Mohamed conduisait, le visage sérieux. J'étais assise à l'avant, près de lui, mais nous n'avions guère échangé plus de dix mots depuis notre départ de l'hôtel Caravansérail.

À vrai dire, j'étais enfermée en moi-même, au milieu des ombres de Tékochine et Gulistan qui me semblaient presque palpables maintenant, avec leurs sourires tranquilles ; et j'étais emplie du sentiment bizarre que cette aventure devenait irréelle. Cependant, je ne vivais pas un rêve : mon sac à dos se trouvait dans le coffre de la voiture, j'étais chaussée de mes meilleures bottes de marche et, surtout, j'emportais l'espoir d'une expérience humaine capable de m'offrir ce que la vie ne m'avait encore jamais accordé.

Mohamed se trouvait dans un état psychologique proche du mien, je le savais. Après être venu me chercher à la réception de l'hôtel et tandis que nous montions dans la voiture, il m'avait avoué que pour lui aussi ce voyage était une expérience nouvelle et incertaine : c'était la première fois de son existence que lui, l'homme de bureau, l'intellectuel, gagnait un maquis à pied ; et il s'interrogeait sur sa capacité à supporter les épreuves de trois journées de marche dans les montagnes. Mais il vivait sa décision « d'en être » – comme il disait – à l'égal d'une revanche sur le destin – d'une forme de vengeance, même.

Bientôt, il annonça : « Madame Rachel, nous serons à Bildir dans deux heures. Encore un peu de patience. »

Je lui jetai un regard à la dérobée : « Vous avez l'air tendu. Moi, je ne suis pas pressée, vous savez. »

Il répondit sans détacher son regard de la route : « J'ai vraiment l'air tendu, madame Rachel ? Oh non, tout va bien, ne vous inquiétez pas. J'étais juste tracassé par une histoire un peu particulière qui est arrivée autrefois à l'un de mes amis – un ami intime, une sorte d'autre moi-même, si vous préférez. Je me demandais si j'allais vous la raconter pour votre livre. »

Je soupirai : « Mohamed, toutes les histoires kurdes m'intéressent, voyons. Plus j'en raconterai dans mon livre, meilleur il sera…

— Oui, sans doute, concéda-t-il.

— À propos, est-ce que je vous ai dit que c'était mon premier livre ?

— Votre premier livre, madame Rachel ?

— Depuis vingt-cinq ans, je n'écris que des articles, Mohamed – journaliste, c'est un métier pour empêcher de devenir écrivain, si vous voulez mon avis… C'est pour ça que je veux que ce livre soit différent de tout ce qu'on lit d'habitude. Je n'en écrirai peut-être pas d'autre. Alors, allez-y pour votre histoire, je suis certaine qu'elle est importante…

— Très bien, madame Rachel ; alors, voilà : peu de temps après que les islamistes se sont emparés de Kobané, l'ami dont je vous parle a été arrêté par la police religieuse pour je ne sais quelle raison futile – la taille de son pantalon, celle de sa barbe, autre chose, ou tout ça à la fois parce qu'il n'était pas arabe, je ne m'en souviens plus ; mais peut-être que je refuse de m'en souvenir en fin de compte… Toujours est-il que les islamistes l'attrapèrent en pleine rue alors qu'il rentrait chez lui. Ils lui lièrent les mains dans le dos avec de la cordelette et le jetèrent dans un bus affreusement sale dont on avait enlevé tous les sièges ; une dizaine d'autres Kurdes s'y entassaient déjà, uniquement des hommes – des jeunes comme des vieux – tous attachés eux aussi et alignés le long des parois, les genoux remontés sous le menton. Trois gardes se tenaient à l'arrière du bus avec leurs kalachnikovs, trois autres se trouvaient à l'avant. Ils n'arrêtaient pas de rire et de se moquer de leurs prisonniers, prétendant s'ennuyer. Le bus faisait le tour de Kobané et stoppait toutes les dix minutes pour embarquer de nouveaux hommes qu'on faisait asseoir avec les autres. Beaucoup n'étaient accusés de rien : “Vous êtes juste des otages", disait-on à ceux-là, mais on les traitait de la même manière. Quand le bus a été plein – si plein qu'on aurait eu du mal à y mettre un prisonnier de plus – le chef des gardes a annoncé qu'il emmenait tout le monde à la nouvelle prison que les autorités avaient ouverte dans la plus grande des églises de la ville ; les djihadistes aimaient bien faire ce genre de choses pour offenser les chrétiens. Il a expliqué ensuite que les prisonniers seraient relâchés si leurs familles payaient les rançons qui leur seraient demandées, sinon ils moisiraient debout au soleil. Mais il leur a crié aussi – et c'est là, madame Rachel que les choses sont devenues terribles – que le trajet était trop long à son gré ; il fallait l'agrémenter par quelque chose d'amusant – par exemple, des jeux convenant aux Kurdes ; et il n'en voyait qu'un pour ces sous-hommes, comme il disait : imiter les cris des animaux de ferme. "Pas des animaux sauvages, rigolait-il, ça c'est noble, c'est pour nos enfants ; non, les cris des animaux domestiques, ceux qui sont nos esclaves. Et je vous préviens que si vous n'y mettez pas du cœur, on s'occupera de vos femmes comme il faut." Il a commencé aussitôt en hurlant : "Faites la vache !" – et mon ami, comme les autres, a dû s'humilier en imitant le cri d'une vache, de plus en plus fort, jusqu'à ce que ses tortionnaires soient satisfaits. Puis, tout y est passé : "Faites le cheval !" exigeait l'un des djihadistes – et ils ont dû hennir dix ou vingt fois de suite, à en avoir honte… "Faites le mouton !" ordonnait un deuxième – et ils devaient bêler jusqu'à ce que les larmes leurs viennent aux yeux… "Faites la chèvre !", vociférait un autre et ainsi de suite, jusqu'à, pour finir : "Faites le cochon ! Faites le cochon !… » C'était très avilissant, de la pure cruauté. En même temps, les islamistes filmaient la scène avec leurs téléphones. Le lendemain, ils en ont fait une vidéo qu'ils ont diffusée un peu partout sur les réseaux sociaux afin que l'humiliation se répande le plus loin possible et soit gravée à jamais dans les esprits… »

Mohamed se tut, impassible, et je restai un long moment sans rien dire, fixant moi aussi la route, droit devant. Ce qui reliait ces infamies à Tékochine et Gulistan, à leur vie et à leur mort, à leur destin, m'apparaissait avec une évidence nouvelle, presque charnelle : dans ce pays, des gens devaient se battre pour ne pas avoir à imiter le cri des cochons… Peut-être n'y avait-il de dignité que dans le combat, en fin de compte – et ces deux femmes qui hantaient désormais mon esprit en représentaient l'incarnation la plus achevée par le prix qu'elles avaient consenti à payer.

Je bredouillai : « Mohamed, je suis désolée pour votre ami ; je ne sais quoi vous répondre, en fait. Qu'est-il devenu ? »

Mohamed tourna son visage vers moi pour la première fois depuis un long moment et déclara paisiblement : « Il n'y avait pas d'ami, madame Rachel ; c'est à moi que cette histoire est arrivée ; elle m'a brisé pendant des années, vous savez… » Un sourire traversa son visage : « Maintenant c'est fini – grâce à vous peut-être. J'ai fait le serment que lorsque je mourrai, quoi qu'il arrive, ce ne sera pas comme un animal domestique. »

## CHAPITRE III

Nous arrivâmes à Bildir peu avant l'heure du déjeuner. Le village était bâti dans une échancrure de montagne couronnée d'épaisses forêts coupées de torrents ; des maisons traditionnelles, très élégantes, s'étageaient à flanc de coteaux, reliées entre elles par de petites rues bien entretenues. J'aurais pu me croire en Suisse ou au Tyrol. Mohamed gara la voiture devant le perron d'une auberge pareille à un chalet d'altitude, et l'on nous attribua deux chambres sûrement réservées depuis longtemps.

Les lieux étaient tenus par un couple de Kurdes à l'air fatigué et mal vêtus auxquels je ne pus donner d'âge. Ils n'ouvrirent pratiquement pas la bouche pour nous accueillir et porter nos sacs à l'étage ; je mis cette froideur sur le compte de la nécessaire discrétion de notre opération et nous déjeunâmes en silence, Mohamed et moi, d'un plat de riz au mouton qu'on nous servit au rez-de-chaussée, près d'une fenêtre ouvrant sur la vallée. Nous étions les seuls clients. « Il n'y a plus qu'à attendre, conclut Mohamed lorsque le thé arriva. Soyons patients : notre escorte ne sera là qu'à 4 heures du matin.

Reposons-nous en attendant, la suite risque d'être très physique.

— Cessez de vous inquiéter, dis-je en essayant de prendre un air enjoué. Je ne suis pas plus entraînée que vous et il faudra bien que nos amis en tiennent compte, vous en profiterez. »

Il laissa échapper un sourire et se leva pour gagner l'étage : « En tout cas, j'ai hâte d'être chez Tulin Clara. Moi aussi j'aimerais savoir comment ça s'est terminé pour Tékochine et Gulistan. »

Une fois dans ma chambre, je m'allongeai sur le lit mais ne parvins pas à trouver le sommeil. Il était beaucoup trop tôt : 15 heures. J'appelai Jim à Sidney ; je tombai sur son répondeur et lui laissai un message rassurant, expliquant que là où je serais bientôt il n'y aurait sans doute pas de réseau et pour longtemps peut-être. Après lui avoir annoncé cela, je me demandai pourquoi j'avais dit une chose pareille. Cela signifiait quoi, longtemps ? Je ne trouvai aucune réponse satisfaisante autre que celle-ci, quelque peu terrifiante : je n'étais pas pressée de rentrer en Australie.

Très perturbée, je tentai d'appeler Ted Singleton – lui seul, j'en étais persuadée, pouvait me comprendre ; je tenais aussi à ce qu'il m'explique ce qu'il avait voulu dire en parlant de Tékochine et Gulistan se vengeant de moi sans le vouloir. Son téléphone était également sur messagerie. Je me sentis très seule.

À 19 heures, le sommeil me fuyait toujours. Un début d'angoisse montait en moi et se mettait à peser au fond de mon ventre d'une manière très désagréable ; je ne savais pas si c'était parce que, soudain, je me voyais bien rester dans cet univers un temps indéterminé – longtemps, ça signifiait peut-être ça – ou si c'était parce qu'il était déconseillé d'attendre aussi interminablement avant une action dangereuse – mais que savais-je des actions dangereuses ? Tout était neuf pour moi.

Mohamed appela sur la ligne fixe de la chambre : on nous attendait pour le dîner. Je descendis et les deux aubergistes nous servirent en silence les restes du déjeuner. Nous mangeâmes sans appétit ; Mohamed ne cessait de triturer sa moustache, enlevait et remettait ses lunettes, commençait une phrase sans l'achever. Je le sentais préoccupé. Je le lui dis et il me répondit que c'était peu de chose ; il se rendait simplement compte de sa véritable situation : il était censé être mon guide dans ce voyage périlleux mais n'avait pas plus d'expérience du danger que moi… C'était aberrant, pensait-il. Je m'en amusais puis me le reprochais. Mohamed faisait ce qu'il pouvait et je l'aimais bien.

À 20 heures précises, il dit : « Madame Rachel, retournons dans nos chambres et essayons de dormir pour de bon. Si vous pouviez être prête un peu avant 4 heures, ce serait parfait. N'allumez surtout pas de lampes. Je vous retrouverai dans le hall. »

La gorge nouée, je regagnai mon lit et, cette fois, m'endormis presque d'un coup, hantée par des rêves sans âme.

Mon réveil sonna à 3 h 30 ; je m'habillai dans l'obscurité, lentement. Je jetai un regard par la fenêtre : la nuit était d'un noir profond, les ténèbres complètes. Pas le moindre rayon de lune ; au loin, j'entendis le cri strident des cigales.

Quinze minutes plus tard, j'étais prête ; je descendis à la réception, mon sac sur le dos. Mohamed s'y trouvait déjà. Sur un coin du comptoir on avait disposé un pot de café chaud, deux tasses, et une minuscule veilleuse faite d'une mèche trempée dans de l'huile. « Buvons pendant qu'il est temps, proposa Mohamed ; nos amis seront ponctuels. »

À 4 heures précises, je perçus des bruits de pas feutrés à l'extérieur de l'auberge. Je dressai l'oreille, aux aguets – le silence revint. Quelques secondes plus tard, d'autres bruissements se firent entendre, tout aussi furtifs, mais plus proches. Mohamed me fit signe de m'accroupir. J'obéis mais je le sentais tendu. La porte du hall s'entrouvrit presque aussitôt : une silhouette entra furtivement et s'immobilisa ; dans la pénombre, je reconnus un jeune Yapagué en tenue camouflée, sa kalachnikov à la main. Il siffla doucement, Mohamed fit de même et chuchota quelques mots auxquels l'autre répondit à voix basse. « Tout est conforme, me souffla Mohamed, on y va. Restez derrière moi… »

Dès le pas de la porte franchi, le souffle chaud de la nuit me prit au visage ; le feuillage des arbres alentour bruissait comme un feu de braise sous les rafales de vent. On n'entendait rien d'autre si ce n'est les cigales au loin, toujours. Des formes indistinctes blotties le long des murs de l'auberge se redressèrent en nous apercevant ; j'en distinguai une demi-douzaine, toutes identiques.

Elles eurent un conciliabule avec Mohamed qui se tourna vers moi : « Donnez votre sac à la Yapaja Azadé, elle le portera – et restez avec elle. Nous parlerons dans la montagne quand il fera jour. »

Je sentis une main saisir mon sac, et l'instant d'après une colonne se forma sans qu'un seul mot soit prononcé ; je me retrouvai au centre de cette colonne, derrière ce qui me sembla être une fille à la natte très longue, Mohamed sur mes talons – et déjà nous marchions vers la sortie du village à pas rapides, longeant les maisons de près. Au fur et à mesure de notre avancée, des silhouettes surgissaient des ruelles avoisinantes, hérissées de fusils et de lance-roquettes se profilant en ombres chinoises sur le ciel violacé. Ces silhouettes se glissaient dans notre file en silence, énigmatiques et rassurantes : « Ce sont les sentinelles qui surveillaient les approches de l'auberge, m'expliqua Mohamed en venant coller sa bouche contre mon oreille. Tout va bien, nous sommes au complet : cinq Yapajas et cinq Yapagués. »

Je l'entendis rire tout doucement dans la nuit : « La parité, madame Rachel, la parité… »

## CHAPITRE IV

Le jour se leva deux heures plus tard, peu avant que le soleil ne surgisse derrière une série de crêtes acérées qui couraient sur notre droite ; je ne sentais déjà plus mes pieds. Mohamed ne paraissait pas mieux loti que moi mais son visage exprimait un bonheur têtu. Et il me montra fièrement la kalachnikov qu'il portait en bandoulière. Ses camarades avaient pensé à lui.

Je lui souris à mon tour et contemplai un moment son arme ; je repensai à ce que je m'étais dit la veille : peut-être n'y avait-il de dignité que dans le combat.

Bientôt, nous fîmes une pause dans une clairière dégagée, nous asseyant sur des troncs d'arbre couverts de mousses et de champignons ; le sol exhalait une puissante odeur d'humus, des piaillements d'oiseaux se faisaient entendre dans les futaies. Je découvris ceux qui m'escortaient : tous étaient très jeunes, sveltes et enjoués, leurs corps ployant sous des bandes de cartouches impressionnantes ; le cuivre des balles accrochait les rayons du soleil à chacun de leurs mouvements et ces rayons jetaient des scintillements argentés dans les herbes comme des ballets de lumière. Tous me dévisageaient avec un intérêt mêlé de curiosité, sans cesser pour autant de plaisanter entre eux, donnant le sentiment qu'à leurs yeux tout était matière à s'amuser. Je me rappelai avec précision la phrase qu'avait dite Asya Khabour à propos de Tékochine lorsque ce stupide journaliste lui avait reproché de trop fumer : « Est-ce que vous avez seulement une idée de notre espérance de vie, à moi ou à la camarade Asya qui nous écoute ? Nous, on dit : si on pouvait avoir quatre ou cinq ans, ce serait bien… Chez les Yapajas du Rojava, personne ne meurt du cancer… » Les garçons et les filles qui m'escortaient vivaient-ils dans le même état d'esprit ? De toute manière, la guerre leur avait déjà volé leur jeunesse. Je les observai sans rien laisser paraître, et m'étonnai du mélange de sérieux et de désinvolture qu'ils dégageaient, entre esprit martial et cour de récréation.

L'un d'eux, le plus âgé semblait-il, un garçon de haute taille à la figure brune tout en angles et aux yeux très noirs – qui devait être le chef – se présenta : « Kendal », fit-il en appuyant la main droite sur sa poitrine et répétant deux autres fois : « Kendal » ; puis, désignant ses neuf camarades, il prononça lentement leurs noms : Rukan, Azadé, Civan, Kidan et Zozan pour les filles ; Akam, Firaz, Perwin et Dîlan pour les garçons. Lorsqu'il eut terminé, je fis comme lui, mis ma main droite sur ma poitrine pour l'imiter et dis à mon tour : « Rachel. » Ils rirent de bon cœur en répétant maladroitement mon nom.

Après quoi, Kendal, par l'intermédiaire de Mohamed, me fit comprendre qu'Azadé et Rukan avaient été désignées pour ma protection ; je devais me conformer à toutes leurs instructions et en aucun cas ne m'éloigner d'elles. Azadé était une jeune femme d'une trentaine d'années, ni belle ni laide, mais assez grande, plutôt forte, au regard étrangement doux ; elle tenait un fusil mitrailleur entre ses genoux et plusieurs bandes de cartouches se croisaient sur ses épaules. Rukan devait avoir une dizaine d'années de moins et autant de kilos en plus… Sa silhouette était trapue, son visage massif, son uniforme trop serré, mais elle irradiait une incroyable énergie. Toutes les deux me souriaient en essayant de me dire des choses auxquelles je ne comprenais rien. Pour la première fois, je regrettai de ne pas avoir appris le kurde.

Ces présentations achevées, mes nouveaux compagnons sortirent de leurs musettes des galettes de pain, des olives, quelques oignons, rien de plus, et ils se les partagèrent. Nous mangeâmes rapidement – en silence cette fois. Je continuais à examiner à la dérobée les visages qui m'entouraient et surtout celui des cinq filles ; elles avaient toutes un air de famille que je commençais à reconnaître – celui si particulier des Yapajas, avec leur manière d'être, de se tenir, de bouger, de se déplacer, de parler, d'exister. Tékochine et Gulistan leur avaient ressemblé point par point ; cette évidence me fit tout drôle, comme si elles allaient soudain surgir devant moi, vivantes et joyeuses… J'approchais du but… Jamais je n'avais été aussi intimement mêlée à des résistants kurdes, même en allant chez Qaraman dans les montagnes de Qandil. Les récits d'Asya Khabour, de Bérivan Kobané, de Diljuar ou de Qaraman lui-même, prenaient corps tout à coup, s'incarnaient enfin dans ces visages de filles et de garçons. Mon destin désormais était lié à onze

Kurdes en particulier – le temps d'une seule aventure, peut-être, mais une aventure intense. Je me sentie heureuse. Et fière en vérité.

Vingt minutes ne s'étaient pas écoulées que Kendal ordonnait le départ. La colonne se reforma exactement comme au départ du village et la marche reprit, ponctuée de rires et de plaisanteries, dans le cliquetis des armes battant les ceinturons, le glougloutement des bidons d'eau, le bruit des bottes martelant les rochers ou écrasant l'humus de la terre.

Jusqu'au soir nous avançâmes vers des hauteurs qui semblaient s'éloigner sans cesse. Il faisait chaud, nous transpirions tous. Les haltes étaient aussi rares que brèves ; heure après heure, nous traversions des cirques montagneux, franchissions des rivières torrentueuses, escaladant des talwegs ou longeant des précipices. Parfois, nous pénétrions dans de lourdes forêts qui apportaient une fraîcheur bienvenue avant de laisser la place à de nouveaux dédales de roches.

Dès le départ, Kendal avait eu la prévenance – à moins qu'il n'ait obéi aux ordres qu'on lui avait donnés – de calquer la cadence de ses combattants sur la mienne. Mohamed et moi lui en étions reconnaissants ; certainement nous n'allions pas aussi vite qu'il aurait fallu pour la sécurité de notre troupe, mais à tout le moins nous pourrions tenir jusqu'au bout.

À intervalles réguliers, Kendal s'arrêtait, commandait à chacun d'en faire autant, et nous invitait à dresser la tête vers le ciel pour écouter attentivement – alors, les visages se tendaient, les mains se crispaient sur les armes, toutes les plaisanteries cessaient. Les hélicoptères étaient ce que nous devions redouter le plus, m'avait expliqué Kendal dès le premier de ces arrêts. Ils surgissaient toujours sans prévenir et patrouillaient ce secteur à toute heure du jour et de la nuit; s'ils nous repéraient, ils nous bombarderaient ou déposeraient des commandos pour nous poursuivre; la chose était fréquente et les Turcs ne faisaient pas de quartiers – « Mais nous non plus si c'est nécessaire », avait commenté Mohamed d'un ton glacial.

Le jour baissait lorsque nous atteignîmes le pied d'une falaise de granit dont je ne parvins pas à distinguer le sommet tant il se perdait dans l'obscurité naissante. Nous longeâmes cette falaise une dizaine de minutes environ, le plus silencieusement possible malgré les roches qui s'éboulaient sous nos pieds, jusqu'à déboucher devant l'entrée d'une petite grotte dissimulée par des amas de branchages. La nuit tomba à cet instant, presque brutalement, jetant ses ténèbres partout. Kendal me fit comprendre que je devais garder ma torche éteinte et nous pénétrâmes dans la grotte un par un; nous avions à peine la place d'y tenir mais des matelas de feuilles étaient disposés un peu partout. « Nous allons dormir ici, dit Mohamed à voix basse. Kendal s'excuse par avance: c'est inconfortable mais nous serons en sécurité; on va manger la même chose qu'à midi et essayer de se reposer. Naturellement, il ne faut pas faire de feu. »

Ce fut une nuit difficile. Je dormis mal, enroulée dans mon duvet entre Rukan et Azadé – qui, avant de chercher le sommeil, m'avaient souhaité bonne nuit en anglais dix fois de suite pour s'amuser, tout en chuchotant et riant à la fois – et le froid me réveilla bien avant l'aube. Je pris mon mal en patience jusqu'à l'arrivée de la lumière, laissant mon esprit vagabonder – mais il me ramenait toujours aux mêmes questions sans réponses : qu'est-ce que je faisais ici, finalement ? Sur quoi allait déboucher cette aventure ? Et surtout : Qu'allait-il m'arriver ?

Le sourire de Kendal penché vers moi, sa main posée sur mon épaule, donnèrent le signal du départ ; après avoir avalé un rapide morceau de pain et quelques olives, je repris ma place dans la colonne. J'avais un goût de terre dans la bouche, l'estomac barbouillé et les jambes percluses de courbatures.

Nous progressâmes tout le jour, à l'identique de la veille, dans des paysages semblables, ne cessant de grimper vers des hauteurs de plus en plus farouches, nous arrêtant peu, marchant beaucoup. À l'heure des premières étoiles, nous parvînmes devant une grande cabane de rondins dissimulée sous une arche de pierre dont les parois suintaient de mousses gluantes – les lieux étaient sinistres ; la cabane, toutefois, se révéla beaucoup plus confortable que la grotte. Elle disposait d'une vingtaine de lits pliables, d'une grande table de bois, et de quelques coffres en fer où nous découvrîmes des réserves de boîtes de conserve. Dans un coin s'entassaient plusieurs sacs de riz et de farine. Ce soir-là, nous mangeâmes à notre faim.

Tout recommença le lendemain ; ce fut dur encore, mais dans la mesure où nous avions respecté les étapes, nous escomptions bien atteindre le camp de Tulin Clara avant le soir, comme prévu, et sans histoire notable.

Il était dit, hélas, que le sort en avait décidé autrement.

## CHAPITRE V

Les quatre hélicoptères surgirent à midi trente précisément – trois heures avant que nous n'atteignions le repaire de Tulin Clara. Nous longions alors une falaise abrupte précédant une épaisse forêt de conifères ; je n'entendis leur vrombissement qu'au dernier moment – plus tard, je me rappellerais avoir eu le sentiment de prédateurs géants se précipitant sur leurs proies ; je perçus ensuite de sourds halètements saccadés qui se rapprochaient, puis le floc-floc caractéristique de pales de rotors, et brusquement je vis surgir les hélicoptères eux-mêmes : quatre carlingues camouflées, fuselées comme des têtes de requins… Elles traversèrent le ciel bleu à une cinquantaine de mètres sur ma gauche, à l'aplomb de la falaise, me donnant l'impression de presque pouvoir les toucher, et j'eus le temps d'entrevoir les visages casqués des soldats penchés sur les mitrailleuses qui débordaient des portes latérales. Mon cœur se mit à battre si fort que je le crus prêt à éclater…

Les quatre appareils nous avaient déjà dépassés à toute vitesse dans le vacarme de leurs moteurs. Kendal lança une série d'ordres brefs et notre troupe s'égailla instantanément. Les hélicoptères viraient au même moment par la gauche pour revenir vers nous, grondant de toute la puissance de leurs turbines : un essaim d'abeilles. Rukan et Azadé m'avaient déjà saisie chacune par un coude, leurs kalachnikovs dans l'autre main et, me tirant me poussant m'entraînaient aussi vite que possible vers les premières futaies de conifères avec l'objectif évident de me mettre à l'abri dans la forêt. En même temps, Kendal et trois Yapagués se jetaient derrière des rochers et ouvraient le feu sur les hélicoptères pour détourner leur attention. Les combattants restants s'étaient déjà précipités vers l'aval du sentier que nous avions suivi pour se dissimuler sous des toiles couleur de terre afin de former une sorte d'arrière-garde muette.

Tout en courant, haletant et soufflant dans la course éperdue à laquelle me contraignaient Rukan et Azadé, je me retournai à plusieurs reprises, la peur au ventre, le cœur cognant douloureusement dans ma poitrine, cherchant des yeux Mohamed ; je le découvris au milieu du groupe formé par Kendal et ses Yapagués : il était comme un animal sauvage, tirant lui aussi de courtes rafales vers le ciel, et je distinguai sans peine les paraboles formées par ses balles traçantes. Mohamed devait enfin être heureux.

Les hélicoptères s'étaient dispersés pour éviter les balles mais se regroupaient pour revenir à la charge. S'ils n'avaient pas encore ouvert le feu, c'était à coup sûr parce qu'ils volaient trop vite lorsque la riposte de Kendal les avait surpris ; ils ne tarderaient pas à réagir.

Bientôt, Rukan et Azadé me précipitèrent sans ménagement sur le sol. Je sentis qu'on jetait une bâche sur moi ; aussitôt après, deux corps se serrèrent contre le mien et la voix de Rukan souffla à mon oreille en mauvais anglais : « Pas bouger, Rachel » – et je n'entendis plus que nos trois souffles rauques et apeurés mêlés au fracas de la fusillade qui venait de reprendre.

Une minute passa ainsi, mortelle et terrifiante ; puis le silence revint d'un coup, plus effrayant peut-être... Je redressai la tête. Mohamed était en train de remonter vers moi, courbé en deux, sa figure maigre plissée d'effroi mais pleine d'ardeur. Parvenu à notre hauteur, il s'agenouilla, essoufflé, et jeta un ordre rapide aux deux filles qui tendaient leurs visages vers lui, inquiètes mais attentives. Puis il m'expliqua d'une voix hachée : « Madame Rachel, les hélicoptères ont disparu mais ils vont revenir ; d'après Kendal, ils ne se risqueront plus à nous tirer dessus à découvert à cause de nos armes et parce que la forêt nous cache bien. Ils sont sûrement en train de déposer des soldats derrière nous et il faut s'attendre à ce qu'ils nous prennent en chasse. Ils seront au moins une trentaine – ce n'est pas très bon... »

Je demandai, anxieuse : « Est-ce qu'il y a des...

— Non, madame Rachel, ni tué ni blessé chez nous ; la chance... pour l'instant... »

Sur ces derniers mots, il se mit à haleter de manière surprenante et l'expression de sa figure changea ; j'eus le sentiment que la peur revenait soudain en lui par le seul fait de ce qu'il venait d'annoncer : sa bouche était déformée par un sourire qui tentait d'être courageux mais n'y parvenait qu'à demi. Je m'aperçus alors – avec une certaine forme d'angoisse – que j'avais peine à le reconnaître. La peur le modelait autrement : un animal traqué. En un éclair, je me demandai ce qu'il en était pour moi en cet instant précis, et – Tékochine et Gulistan étant tellement présentes en moi – ce qu'il en avait été autrefois pour elles : comment avaient-elles eu peur au combat ? L'expérience de la guerre leur avait-elle permis d'apprivoiser cette frayeur et qu'en avaient-elles fait ? D'ailleurs quand, comme elles, on était différent de tout le monde, avait-on peur comme tout le monde ?

Mais déjà Mohamed se ressaisissait, laissant mes questions sans réponses : « Madame Rachel, Kendal a ordonné que vous partiez tout de suite avec Rukan et Azadé – je viens de le leur dire. Elles vont emprunter un itinéraire détourné qui ne sortira pas de la forêt ; elles connaissent la région et vous emmèneront jusqu'au camp de Tulin Clara – là-bas, vous serez en sécurité. Ce camp n'a jamais été repéré et il est très bien défendu. Allez-y maintenant, gardez votre courage…

— Mais vous et les autres ? demandai-je. Et si ?… » Au loin, j'entendis à nouveau le fracas des armes : les soldats turcs venaient d'arriver au contact. Rukan et Azadé pliaient leur bâche avec des gestes précipités et me pressaient de les suivre, anxieuses.

« Ne vous inquiétez pas pour nous, me lança rapidement Mohamed. Kendal va rester en arrière avec deux Yapagués et deux Yapajas. Ils vont s'embusquer un peu partout et retenir les soldats le plus longtemps possible ; les trois autres Yapagués vont vous suivre une dizaine de minutes et se camoufleront ensuite pour tendre un autre piège aux Turcs – avec ces deux niveaux de défense, vous ne craignez rien, madame Rachel. Mais, s'il vous plaît, marchez aussi vite que vous le pourrez ; je suis responsable de votre sécurité… »

Ses yeux exprimaient un mélange indéfinissable de crainte, d'espoir, de détermination, de mélancolie ; je n'avais jamais vu un tel regard chez qui que ce soit dans ce monde. Je dis : « Venez avec moi Mohamed, c'est votre place… » Il m'interrompit : « Je reste avec Kendal, j'ai choisi : pour mes parents et pour ce qui s'est passé dans ce bus il y a des années… Tout ça c'est fini, j'ai une arme maintenant. Nous nous retrouverons chez Tulin Clara – j'y compte bien… Allez, dépêchez-vous maintenant. »

Je me redressai, l'esprit à l'abandon. Mohamed me serra brusquement contre lui sans plus rien ajouter, et repartit en courant vers le bas de la pente, toujours plié en deux, sans se retourner. Je restai un instant immobile, désemparée. Rukan et Azadé me tirèrent en avant, me suppliant dans leur anglais approximatif : « Vite partir, Rachel ; Mohamed venir demain… »

L'instant d'après, nous courions toutes les trois vers les hauteurs, le souffle court, le sang cognant à nos tempes, trébuchant au milieu des rochers. J'entendis une série de tirs derrière nous – de courtes rafales ponctuées d'explosions très sèches ou de grondements plus sourds, suivies d'autres rafales plus longues. Il me sembla entendre des cris et des hurlements. Le combat paraissait avoir atteint son paroxysme. Rukan jeta, inquiète : « Ils sont rapides… » Je compris qu'elle parlait des Turcs et sentis dans tout mon corps la violence de l'affrontement qui se déroulait tout là-bas derrière moi : le fer et le feu. L'image de Tékochine et Gulistan surgit à nouveau devant mes yeux et, étrangement, je me mis à les imaginer dans le combat qui se déroulait à l'instant même : elles se trouvaient en bas de la pente avec Kendal et Mohamed et se battaient à leurs côtés…

Pendant une heure au moins – mais j'avais perdu toute notion du temps – nous continuâmes à courir aussi vite que nous le pouvions ; la forêt se révélait de plus en plus épaisse, ses sous-bois de moins en moins praticables. Nous ne nous accordâmes une première halte, rapide, que lorsque nous n'entendîmes plus aucun tir. « Ils tiennent bon », commenta Azadé, après s'être accroupie, le visage couvert de sueur, les cheveux défaits. « Ils vont gagner », ajouta-t-elle, comme pour se rassurer, passant sa kalachnikov en bandoulière ; puis, elle fouilla l'une des poches de son treillis maculé de terre et en ressortit un morceau de pain rassis qu'elle me montra fièrement : « Manger, dit-elle en le coupant en trois morceaux. Long chemin encore… »

Nous avions à peine entamé ce maigre repas, partagées entre soulagement et angoisse, que des bruits de fourrés écrasés par des pas pressés se firent entendre à une centaine de mètres de nous, dans la direction opposée à celle des combats. Ceux qui les provoquaient étaient encore masqués par le sous-bois mais ils avançaient vite. Rukan m'obligea à m'aplatir, un doigt sur la bouche pour m'intimer le silence, et avec Azadé se jeta dans la position du tireur couché, deux mètres devant moi pour me protéger. Leurs yeux avaient pris une couleur minérale qui me frappa – mais elles braquaient leurs armes avec une certitude tranquille, absolument immobiles, dissimulées par la végétation. Mon cœur s'était remis à battre de manière désordonnée.

Nous n'attendîmes guère : une demi-douzaine d'hommes armés surgirent des fourrés à une vingtaine de mètres sur notre gauche : des Yapagués. Ils allaient passer sans nous voir, poursuivant leur course. Azadé et Rukan se redressèrent, poussant ce qui devait être un cri de reconnaissance – strident et guttural. La petite troupe stoppa, se retournant d'un bloc. Rukan m'attrapa par le bras et l'instant d'après nous étions parmi eux. Les hommes serrèrent les deux filles dans leurs bras en riant et l'un d'entre eux, qui devait avoir une quarantaine d'années, se détacha du groupe pour venir prendre mes deux mains dans les siennes : il était de taille moyenne, pas très beau mais solide, avec une bouche très grande et un regard illuminé. Tandis que de nouveaux Yapagués continuaient d'arriver, de plus en plus nombreux, se pressant autour de nous, il me dit en excellent anglais mais d'une voix rapide : « Madame Rachel, je suis Baker, l'adjoint de Tulin Clara. Bienvenue chez nous – et désolé pour les circonstances. Il y a une heure, nous avons reçu par radio l'appel à l'aide de Kendal. Tulin m'a envoyé à votre rencontre et à son secours avec une centaine de combattants. Poursuivez vers notre camp.

— Et pour Kendal et les autres, demandai-je, à nouveau terriblement inquiète au sujet de Mohamed, il y a des nouvelles ? »

Baker répondit sombrement, secouant la tête : « Leur dernier message date d'il y a dix minutes ; ils résistaient toujours, empêchant les Turcs de passer ; mais ils sont à un contre quatre… Nous devons nous dépêcher…. » Il me salua sur ces derniers mots et reprit sa course, suivi de tous ses hommes.

Vers le milieu de l'après-midi, Rukan, Azadé et moi parvînmes enfin au camp de Tulin Clara. Je m'aperçus que j'avais perdu ma montre dans notre fuite éperdue et trouvai bien que, d'une certaine manière, le temps n'ait plus d'importance.

## CHAPITRE VI

Le peu que je découvris du repaire de Tulin Clara ce jour-là m'apparut comme un chef-d'œuvre de camouflage. C'était un camp composé d'un ensemble de grottes reliées entre elles par des tunnels, et d'une série de hameaux à l'air libre, tous construits en dur mais dissimulés sous l'abri de la forêt complété par d'immenses filets couleur de terre jetés sur chaque maison.

Ces installations me parurent invisibles du ciel ; j'appris beaucoup plus tard qu'en réalité les Turcs avaient détecté leur présence depuis longtemps grâce aux moyens de guerre technologique dont ils disposaient – notamment les caméras thermiques de leurs avions – mais les jugeaient imprenables sans de lourdes pertes, d'autant qu'elles étaient situées dans des zones à populations entièrement kurdes. Ils se contentaient donc « d'endiguer » la menace de ce camp en contrôlant les régions alentour pour éviter toute dissémination.

On m'installa dans une petite maison, visiblement réservée à des visiteurs de marque. Rukan et Azadé avaient disparu. Une vieille femme souriante les remplaça pour s'occuper de moi. Je me jetai sur un lit et refusai toute nourriture ; j'étais épuisée physiquement – les jambes douloureuses, la poitrine contractée – et éreintée moralement ; j'avais l'impression que mon cerveau s'était brutalement dilué. Et puis, mon inquiétude concernant Mohamed ne cessait de grandir – à dire vrai, elle me dévorait. Je me sentais bizarrement responsable de son sort : s'il ne m'avait pas rencontrée, il ne m'aurait pas escortée jusqu'ici… Jamais je n'aurais pensé que mon voyage clandestin en Turquie s'achèverait par autant de violence. Avant de quitter Erbil, cette éventualité était de l'ordre du possible mais pas de l'ordre du réel pour quelqu'un comme moi, ignorant tout de ces choses. Je ne m'étais pas embarquée dans cette aventure parce que j'étais abreuvée de considérations géopolitiques ou idéologiques – et encore moins pour savoir ce qu'était la guerre, la vraie, celle qui se fait à hauteur d'homme. J'étais juste venue découvrir ce qu'avait pu être le destin de deux femmes remarquables dont je voulais raconter l'histoire – deux femmes qui déteignaient dangereusement sur ma vie. Je comprenais mieux maintenant ce qu'avait voulu dire Qaraman avec « les vérités qu'il faut aller chercher au péril de sa vie pour pouvoir les transmettre avec force ». Cette phrase possédait plusieurs sens.

Lorsque vint la nuit, je m'endormis tout habillée, sans manger, sans aucune nouvelle de Mohamed et Kendal. Je me réveillai bien avant l'aube, angoissée, puis me rendormis, et me réveillai à nouveau plusieurs fois.

Lorsque le jour pointa, laissant filtrer les rayons du soleil par les interstices des fenêtres, j'entendis frapper à ma porte. Je me levai pour aller ouvrir : c'était Baker. À l'expression de son visage, je sus que les nouvelles étaient mauvaises. Il resta sur le pas de la porte et dit simplement, sans me regarder vraiment : « J'arrive à l'instant, madame Casanova ; nous avons dû marcher toute la nuit, ralentis par les morts et les blessés qu'il fallait porter – mais, si vous voulez tout savoir, les hélicoptères turcs n'ont pas ramené beaucoup de soldats chez eux… Kendal a été tué, malheureusement ; et la plupart des Yapagués et Yapajas de votre escorte – je ne souhaite pas vous donner les détails, c'est triste. Il y avait aussi Mohamed, votre ami ; quand nous sommes arrivés, il était déjà blessé : plusieurs balles dans la poitrine. Il souffrait beaucoup mais il vivait encore. Nous l'avons transporté avec les autres, sur un brancard de fortune. Notre médecin n'a rien pu faire… Nous manquons de tout. Mohamed a tenu longtemps, il ne s'est pas plaint non plus, mais il est mort juste comme nous arrivions ici. »

Il sortit de sa poche une feuille pliée en quatre et me la tendit avec un sourire sombre : « Il a eu le temps d'écrire quelques mots qu'il m'a donnés pour vous. Il y tenait beaucoup – je crois qu'il vous aimait bien… Je me suis permis de lire mais je n'ai pas compris. »

Je dépliai la feuille en tremblant. Il y avait juste écrit : « Je ne saurai jamais pour Tékochine et Gulistan, madame Rachel. Mais aujourd'hui, ce n'est pas un animal domestique qui s'en est allé dans l'autre monde. Merci d'être venue. »

## CHAPITRE VII

Une semaine durant, on me laissa en paix ; je ne quittai pas la maison, mangeai peu, dormis beaucoup. Azadé et Rukan vinrent me tenir compagnie à plusieurs reprises, pleines de tact et de gentillesse. La vieille Kurde se montra aussi discrète qu'attentionnée.

Dans ma tête, peu à peu, les choses rentrèrent dans l'ordre. L'écoulement du temps faisait son œuvre ; l'ombre de Mohamed s'estompa et je m'accoutumai à moins y penser – puis à y penser de moins en moins. L'habitude, me dis-je… avant de songer, horrifiée : quelle affaire abominable que l'habitude… Je m'en voulus au début, et puis les choses passèrent.

Un matin, ce ne fut ni Azadé ni Rukan qui frappa à ma porte mais une femme d'un âge indéfinissable, grande et mince, coiffée très court, à la Jeanne d'Arc. Elle entra comme on le fait chez soi, sans avoir attendu ma réponse, mais sans impolitesse non plus. Ce devait être quelqu'un d'important. Comme tous les Kurdes, elle ne portait aucun grade sur sa tenue de combat, affichant juste sur son épaule gauche l'insigne des Yapajas – un triangle vert frappé d'une étoile rouge ; cependant il y avait en elle quelque chose d'imposant ; et d'élégant aussi. Elle se déchaussa, s'assit en tailleur sur l'une des chaises du salon – c'était très étrange pour moi de voir quelqu'un s'installer de cette manière – et enfin me salua. En français. « Je ne parle pas anglais, madame Casanova, s'excusa-t-elle ; mais vous comprenez le français, je crois. Je suis Tulin Clara… »

Sa voix était basse, à la fois grave et douce. J'étais surprise d'entendre parler ma langue maternelle – et vaguement impressionnée par le personnage. Je répondis : « Oui, du Québec… Il y a des années. » Dans le même temps, j'observai ce visage attentionné qui s'était légèrement penché en avant pour me parler. C'était un visage très marqué, davantage consumé par les épreuves de la guerre et de la vie que par le passage du temps ; seules les deux fossettes des joues donnaient un vague air de jeunesse à cette figure usée.

Déjà Tulin Clara reprenait : « J'ai parlé hier avec Erbil. Tout va bien là-bas pour nos amis. On s'est beaucoup inquiétés à votre sujet – c'est normal avec ce qui s'est passé. Je les ai rassurés. “La femme qui ne sourit jamais” vous envoie ses salutations… C'est bien ainsi que votre patron, ce Jim Billingman du *Sydney Match*, surnomme Bérivan Kobané, n'est-ce pas ?

— Vous savez tout, répondis-je sans laisser paraître la moindre surprise. Bravo ! Je ne vois pas comment vous faites, mais je le dirai à Jim dès que je le pourrai. Ça lui plaira.

— C'est un grand patron de presse, paraît-il ; ça va nous aider. Parler français avec moi ne vous dérange pas ?

— D'une certaine manière, cela m'honore. Pardonnez ma question : où l'avez-vous appris ? »

Tulin Clara ne répondit pas tout d'abord et alluma une cigarette, tirant de longues bouffées voluptueuses droit devant elle : « Il y avait une école française à Damas autrefois ; c'est là que j'ai appris votre langue ; j'étais enfant. J'ai continué ensuite à l'université. J'aimais bien le français. Mon mari aussi. Nous l'avons enseigné ensemble pendant des années, à Hassaké, à Derrick puis à Qamichli. Nous étions professeurs tout en militant en même temps dans la clandestinité – et puis il y a eu la guerre, les combats, le malheur… »

Elle s'interrompit, appela la vieille femme qui n'était jamais loin, et lui demanda de préparer du café : « Pour accompagner une cigarette, il n'y a rien de mieux, se justifia-t-elle. Je suis comme Qaraman ou Asya Khabour. On est tous pareils. Qu'est-ce qu'on fume !… Il faut des compensations de temps à autre, vous ne croyez pas ?

— Sûrement, répondis-je, sans me compromettre.

— Mon mari a été tué il y a deux ans à Raqqa – je ne dis pas ça pour excuser le tabac ou le café.

— Oh… Je suis désolée, Tulin Clara.

— Appelez-moi Tulin tout court, ça simplifiera les choses. Je vous en remercie par avance, Rachel. Et ne soyez pas désolée ; ici, nous passons notre temps à honorer nos morts. Oublier, c'est trahir, pensons-nous. À ce propos, il faut que vous sachiez que nous avons enterré Mohamed il y a cinq jours, dans le cimetière militaire de ce camp. Avec tous les honneurs qui lui étaient dus ; il s'est bien battu pour protéger votre fuite à ce que j'ai lu dans le rapport de Baker. Un homme plein de courage. J'avais donné l'ordre de vous laisser tranquille pour la cérémonie ; vous n'auriez rien gagné à être là… »

La vieille femme revenait déjà dans la pièce avec un plateau d'étain ; elle nous servit deux tasses d'un café épais qui sentait la cardamome et se retira.

« Savez-vous que mon mari se croyait invulnérable ? reprit Tulin sans toucher encore à sa tasse.

— Ah ? », fis-je, déroutée par une telle affirmation, invulnérable… Tulin Clara était une femme déconcertante.

« Oui, continua-t-elle. Lui aussi était très spécial d'une certaine manière. Je vous raconte ça pour que nous fassions connaissance, ne vous méprenez pas. Nous parlerons plus aisément du reste ensuite… Figurez-vous que mon mari faisait beaucoup de sport – chaque matin. Il était grand et fort, un vrai hercule. Et il avait une manie : à n'importe quel moment de la journée, il s'étirait dans tous les sens, comme un fauve, juste pour sentir ses muscles jouer sous sa peau ; il prétendait que ça lui donnait l'impression d'être protégé par une carapace et que ça le rendait plus fort, indestructible, même. Il y a des gens comme ça, complètement idiots pour certaines choses, vous ne trouvez pas ? Mais celui-là, c'était mon mari. J'y tenais… À Raqqa, sa carapace ne l'a pas sauvé : une seule balle de sniper a suffi pour transpercer son cœur et le tuer sur le coup – ses camarades ont prétendu qu'il ne s'était pas vu mourir et qu'il n'avait pas souffert. J'espère qu'ils ont dit vrai… Si mon mari n'avait pas fait de sport, peut-être qu'il aurait été plus prudent. »

Je dis : « C'est un peu surréaliste ce que vous me racontez, Tulin. Je ne sais pas quoi en penser. » Elle haussa les épaules : « Ce ne serait pas plutôt la vie qui est surréaliste, Rachel ? Et le monde semblable à un gigantesque asile d'aliénés ? Mais laissons cela, il est temps de parler de Tékochine et Gulistan ; vous êtes venue pour ça et des gens ont été tués pour ça. » Un voile de tourment traversa son visage : « Je suis heureuse de repenser à elles après toutes ces années. C'étaient des femmes remarquables. Que voulez-vous savoir ?

— Qui elles étaient vraiment, dis-je doucement – et comment elles sont mortes. Cette histoire d'une seule cartouche pour deux me fascine et je… »

Tulin Clara m'interrompit d'un geste brusque atténué par la lassitude du regard : « Nous verrons cette affaire de cartouche plus tard, voulez-vous ? Laissons les choses tragiques de côté pour l'instant. Je connaissais bien Tékochine, et je dirigeais nos troupes lors de la bataille de Sérikani quand elle a été tuée avec Gulistan en octobre 2019 – l'un des pires moments de mon existence, voyez-vous. Pour Tékochine, disons que ce n'était pas une femme facile à commander… Personne ne pouvait lui faire faire ce qu'elle considérait comme étranger à elle-même. Elle avait décidé depuis longtemps – quand elle était enfant, je crois – qui elle devait être dans la vie, et de quelle manière elle devait se comporter en toute circonstance ; elle n'y dérogeait jamais quel que soit le prix à payer. Je ne pourrai pas vous en apprendre davantage là-dessus car elle se confiait rarement, mais je pense qu'elle voulait pouvoir dire d'elle-même qu'elle était quelqu'un de bien. C'était l'un de ses buts dans la vie ; c'est pour cette raison que les objets matériels lui importaient peu, pas plus que son intérêt personnel. En réalité, Tékochine se moquait de ce qui pouvait lui arriver si l'intérêt collectif était préservé, celui de ses camarades, surtout. C'est ce genre de choses qu'elle apprenait à Gulistan. Et Gulistan aimait ça ; peut-être parce qu'il y avait vingt ans d'écart entre elles. Peut-être pour autre chose. »

Elle replongea dans ses pensées et je respectai son silence. Puis, elle dit : « Il y avait en Tékochine une part mystique qui n'aurait pas dû exister puisqu'elle ne croyait pas en Dieu. Pourtant, cette part mystique était bien là, ancrée en elle de manière presque surnaturelle…. C'est pourquoi elle avait aussi la mystique du courage ; elle parlait souvent de la grandeur qu'on peut trouver dans certaines défaites – et des victoires qui en sont dépourvues. Des choses de ce genre… Il y a un peu de ça chez nous tous, n'est-ce pas ? Chez Tékochine, c'était incandescent, sans concession. Un bloc. En fin de compte, je la résumerais en disant que c'était une mystique sans religion. Étrange, vous ne trouvez pas ? »

Un peu dépassée par ce discours, je répondis prudemment : « Quand on y songe bien, c'est étrange, en effet. » Et je m'aperçus que je ne savais quels mots mettre là-dessus. Lesquels allais-je bien pouvoir utiliser dans mon livre ? Y en avait-il qui soient encore audibles chez moi, dans ma société ? Tant de choses nous séparaient de Tulin Clara, de Qaraman ou de Diljuar. Ils vivaient dans un ailleurs qui nous était devenu étranger, un univers peuplé de notions humaines qui avaient peut-être appartenu à ma société autrefois mais l'avaient maintenant désertée. Et cela me déstabilisait depuis que j'avais mis le pied dans ce pays.

Le silence se prolongeait. Tulin semblait perdue, son visage consumé penché en avant, sans expression. Je ne disais rien non plus. Bientôt, craignant que le lien ténu tissé entre elle et moi ne se rompe, je me sentis obligée de poser une question plus directe, presque nécessaire : « En tant que révolutionnaire, qu'est-ce que Tékochine souhaitait exactement ? Ça m'intrigue beaucoup. »

Je m'aperçus aussitôt – trop tard – que je venais de poser une question de journaliste et que ce n'était plus du tout ce pour quoi j'étais là. Tulin Clara me répondit avec un sourire indulgent : « Ce qu'elle voulait ? Je pourrais vous répondre par les banalités les plus naïves qu'appelle ce genre de question, Rachel ; par exemple qu'elle voulait, comme nous toutes ici, un monde meilleur. Tékochine disait les choses autrement. Elle affirmait qu'elle voulait "ouvrir la cage où se trouvait enfermée l'assemblée des bêtes féroces". Qu'ensuite tout irait mieux. Vous connaissez beaucoup de gens qui voient le monde comme une cage et les hommes comme une assemblée de bêtes féroces ? Et acceptent, en outre, de se battre pour un avenir dont ils ne bénéficieront pas ?

— Et Gulistan ?

— Ah, Gulistan… Beaucoup de gens la considéraient comme l'ombre de Tékochine ; pas seulement parce qu'elle était sa garde du corps, mais aussi parce qu'elle parlait très peu, donnait rarement son avis, se montrait discrète en toute occasion, et pensait toujours la même chose que Tékochine. Moi qui ai connu leurs derniers instants, je peux vous assurer que ce qui les liait était bien plus grand, inaccessible aux gens normaux. Il faut comprendre que l'intensité de ce que nous vivions à l'époque, la présence constante de la mort, les valeurs que nous défendions, tout cela interdisait la médiocrité – en quelque sorte par la force des choses. Sinon, vous étiez détruit. Je sais de quoi je parle, Rachel, et vous le savez comme moi, je crois – en tout cas, vous commencez à le sentir… C'est pour cette raison que si vous désirez rester avec nous un certain temps, ici dans ce maquis, vous êtes la bienvenue. »

Elle fit une pause, parut gênée du trouble bien visible qu'elle venait de provoquer en moi par sa proposition, et reprit aussitôt : « Donc, Gulistan était une sorte de double de Tékochine, avec sa belle natte blonde et ses yeux bleus sans cesse à l'affût pour protéger les yeux sombres et les cheveux noirs de sa commandante : je m'amusais à voir les choses ainsi, parfois. De toute manière, tout ce qui affectait Tékochine en bien affectait Gulistan en bien, tout ce qui l'affectait en mal l'affectait en mal. Tékochine déteignait sur Gulistan comme un buvard et je suis persuadée que l'inverse était vrai. La quintessence de ce que peuvent être deux vraies "sœurs d'armes"… Autre chose encore : Tékochine refusait chaque année de rejoindre notre "Académie de la guerre", l'école par laquelle devaient passer tous les commandants de bataillon s'ils voulaient accéder à des fonctions supérieures – ce que j'ai fait. Tékochine refusait pour une raison simple : elle voulait rester avec ses Yapajas. Pour rien au monde elle n'aurait quitté ses filles et le front de la guerre, la boue l'hiver, la chaleur l'été, la vérité des combats, les lieux où par décence l'on ne se plaint jamais, le commandement par la présence et par l'exemple.

— Et que pensait Gulistan là-dessus ? »

Tulin Clara se mit à rire : « Bonne question, Rachel. Vous commencez à bien les connaître toutes les deux.

— Je donnerais n'importe quoi pour les avoir réellement connues. Alors ?

— Eh bien, c'était le seul domaine, je crois, où elles s'opposaient – et encore, à peine. Gulistan encourageait Tékochine à aller à l'académie pour que les plus hautes responsabilités militaires de notre mouvement soient occupées par des gens comme elle – et non par des intrigants. Mais Tékochine renâclait. Je les ai entendues parler de ça à deux ou trois reprises. Tékochine ne voulait pas être mêlée à ces gens-là ; vous imaginez bien qu'elle avait la phobie des petites pensées, des choses étriquées, des buts étroits. J'ai compris ça dès que je l'ai rencontrée… Pour grimper dans l'échelle hiérarchique, elle aurait dû supporter beaucoup de bassesses. Voilà pourquoi elle voulait demeurer “à hauteur d'homme” si je puis m'exprimer ainsi. En fin de compte, elle était un exemple comme je n'en ai plus rencontré par la suite – c'était une sorte d'aiguillon. »

Elle se leva en poussant un soupir indéfinissable : « Voilà, je vous ai appris tout ce que je savais, Rachel ; j'espère que cela vous sera utile. Je dois m'en aller, maintenant. »

Elle marchait déjà vers la porte pour remettre ses bottes. Craignant soudain de ne plus la revoir, je lui lançai de loin : « Et pour ce qui est arrivé à Sérikani le jour de leur mort ? »

Elle revint vers moi et prit mes deux mains dans les siennes : « Nous nous verrons demain matin, Rachel, rassurez-vous ; ici même à 8 heures. Vous saurez tout ce qui s'est passé du début de la bataille jusqu'au moment où Tékochine et Gulistan se sont retrouvées seules face aux islamistes ; je connais les moindres détails. J'étais sans cesse à la radio avec elles pour tenter de leur envoyer des renforts, des munitions – les vivres on n'y pensait même pas – ou essayer de les appuyer avec ce qui nous restait d'artillerie ; c'était atroce de suivre l'agonie annoncée de leur bataillon ; mais nous lui avions donné l'ordre impératif de se sacrifier si nécessaire afin de permettre l'évacuation de nos centaines de blessés et des milliers de femmes et d'enfants prisonniers de la ville… » Elle s'interrompit, m'adressa un sourire contraint, puis murmura : « Elles ont fait ce qu'elles avaient à faire. Votre patron, ce Jim Billingman, a raison : ce qui est arrivé ressemble à une tragédie grecque… »

Elle ouvrit la porte, hésita : « En ce qui concerne les derniers instants précédant leur mort, je vous donnerai un document en français ; je l'ai rédigé spécialement pour vous. C'est la traduction de leur "boîte noire", comme j'aime à dire : lorsque nos combattants comprennent que c'est la fin, qu'ils ne s'en sortiront pas et qu'utiliser leurs radios portables ne sert plus à rien, ils les laissent allumées afin que nous sachions tout de leur dernier combat, de leurs derniers instants. Souvent, ils chantent pour ne pas avoir peur et parlent entre eux pour se donner du courage. Vous aurez la traduction de cet enregistrement, Rachel. Vous saurez tout. Reposez-vous, maintenant. »

## CHAPITRE VIII

Le lendemain, je me réveillai bien avant 8 heures ; lorsque j'ouvris les yeux, l'aube jetait ses premières lumières sur la terre et les rayons du soleil perçaient les fins rideaux posés aux fenêtres de ma chambre. Pour la première fois depuis longtemps, j'avais dormi l'esprit en paix, sans rêves ni cauchemars. J'ignorais l'heure qu'il était mais avant la fin du jour, j'aurais achevé ma quête de Tékochine et Gulistan. Et j'aurais peut-être à prendre des décisions personnelles. Il y avait quelque part en moi une joie profonde et en même temps une mélancolie nouvelle : si je ne décidais rien, je quitterais bientôt tout ce qui m'entourait et que je m'étais mise à aimer pour retourner dans mon univers.

Lorsque Tulin Clara arriva, j'étais habillée et le café fumait déjà sur une table basse. Le silence était parfait. Tulin me serra contre elle, longuement, sans un mot et, comme la veille, s'assit en tailleur sur la même chaise après s'être déchaussée. Elle me tendit deux chemises en carton : « Dans la première, m'expliqua-t-elle, vous avez la traduction en français de ce dont je vous ai parlé hier ; vous y trouverez consigné tout ce qui concerne cette histoire de la dernière cartouche qui a tant perturbé notre état-major à l'époque. La seconde chemise contient mon rapport exhaustif de la bataille de Sérikani ; je vous le donne aussi afin que rien ne manque pour votre livre. Cela complétera utilement le récit que je vais vous faire maintenant. Je vous demande de m'écouter jusqu'au bout sans m'interrompre. »

J'opinai de la tête, pris les deux chemises et les rangeai dans mon sac, plus émue que je n'aurais voulu ; je me sentais incapable d'ouvrir la bouche, même pour dire simplement merci.

« Voici donc, reprit Tulin Clara en regardant droit devant elle : vous vous souvenez qu'au début du mois d'octobre 2019, les Occidentaux ont trahi leurs engagements vis-à-vis de nous après cinq années de guerre commune contre l'État islamique et 36 000 tués et blessés dans nos rangs – à peine une poignée chez eux ; d'un seul coup, ils nous ont abandonnés aux mains des Turcs, nos pires ennemis. Probablement devaient-ils juger que nous ne servions plus à rien après avoir vaincu les djihadistes quelques mois plus tôt. Le cynisme, n'est-ce pas ? Mais bah… Je vais passer sur la faute morale et politique de cette affaire, Rachel, pour me limiter aux faits concrets, directement liés à Tékochine et Gulistan.

« Les Turcs ont lancé leur offensive le 9 octobre très précisément, dans tout le centre du Rojava, sur une centaine de kilomètres de front, de la ville de Gres Sipi à celle de Sérikani – dont je commandais la défense avec trois bataillons, celui de Tékochine compris. Nous n'avions pratiquement rien à opposer aux chars d'assaut, à l'artillerie lourde, aux avions de chasse et aux drones ; les Occidentaux s'étaient bien gardés de nous fournir autre chose que de l'armement léger au cours de nos années de combat contre les islamistes. Notre état-major, dont j'étais avec Qaraman, savait très bien que nos Yapagués et Yapajas se trouvaient dans l'incapacité de résister longtemps à cette ruée d'acier – mais que pouvions-nous faire ? Nous avions creusé des tunnels à travers toute la ville, installé des bâches et des toits de tôle au-dessus des rues principales pour nous protéger des drones, entassé des pneus partout pour les enflammer dès l'arrivée des avions et gêner leurs tirs par d'épaisses fumées noires – quelle ironie tragique que de devoir utiliser les mêmes moyens de défense que les islamistes contre nous quelques mois plus tôt – mais tout cela était dérisoire. Le cauchemar d'Afrine vécu en janvier 2018 recommençait. Asya Khabour vous a raconté ce qui s'était passé à l'époque. La tragédie vécue par sa jeune sœur lorsqu'elle a choisi de se sacrifier en se faisant exploser sous un char, résume notre état d'esprit en 2019 ; nous étions dans une situation comparable, sur une partie beaucoup plus vaste de notre territoire – cette fois, nous pouvions réellement disparaître.

« La direction politique de notre mouvement a demandé à notre branche militaire de tenir autant qu'elle le pouvait et à n'importe quel prix ; il lui fallait le plus de temps possible pour remuer ciel et terre dans la communauté internationale afin de trouver une solution diplomatique permettant de sauver ce qui pourrait l'être. Comme vous le savez, Rachel, c'est ce à quoi nos politiques ont fini par parvenir avec un semblant de cessez-le-feu – mais pour la simple et bonne raison que des combattants comme Tékochine, et bien d'autres, ont accepté cet ordre désespéré de résister coûte que coûte ; hélas, ce n'était que reculer pour mieux sauter puisqu'une ultime trahison de l'Occident, vous le savez, nous a jetés dans l'état où nous nous trouvons actuellement.

« Revenons à ce jour d'octobre 2019… Dans mon secteur de Sérikani, la situation se révélait critique du seul fait de la position géographique de la ville ; elle se situe sur la frontière même de la Turquie, comme, hélas, la plupart de nos grandes agglomérations. Il faut savoir qu'à l'époque, un mur de huit cents kilomètres de long courait d'un bout à l'autre de cette frontière pour nous enfermer comme dans une nasse. Ce mur construit par les Turcs était infranchissable ; partout des miradors, des postes de guet, des barbelés, des champs de mines…

« Mon principal problème était ailleurs. J'avais sous ma responsabilité plusieurs centaines de blessés en convalescence dans différents dispensaires de la ville depuis plusieurs années, et des milliers de réfugiés – d'Afrine et d'ailleurs – que nous avions installés comme nous le pouvions dans des camps de fortune ; il s'agissait surtout de femmes et d'enfants. Je vous ai parlé de cela hier et vous trouverez dans mon rapport tous les détails, notamment les chiffres exacts de ces blessés et de ces réfugiés. Nous avions des craintes terribles à leur sujet ; la férocité des djihadistes que l'armée d'Ankara poussait devant elle n'avait rien à envier à celle de Daech. Nous étions certains qu'ils massacreraient tout le monde, à commencer par nos blessés.

« La frontière passant à la lisière des premières maisons de la ville, nous avons pris le choc des blindés et de l'artillerie turque dès le début de l'offensive, le matin du 9 octobre à l'aube ; le bataillon yapagué du camarade Perwin – un colosse tout à fait remarquable dont les tatouages des bras étaient célèbres chez nous, quelqu'un qui vous aurait plu, Rachel – défendait notre première ligne ; j'avais installé celle-ci sur une profondeur de deux cents mètres tout le long de la frontière, de l'entrée de la ville à sa sortie. Elle formait un bloc compact, tout en chicanes. Perwin a tenu très longtemps – bien plus longtemps que je n'aurais cru. Mais des flots de djihadistes le débordaient de tous côtés. Les combats ont été implacables, maison par maison, à la grenade, et jusqu'au corps à corps dans les caves et sur les toits ; un carnage. Nos garçons n'ont pas eu à rougir ce jour-là. C'étaient des diables. Toutes les cinq minutes, j'entendais Perwin hurler à la radio pour les encourager, leur interdisant de reculer d'un mètre ; il criait tout ce qu'il pouvait, leur rappelant qu'ils se battaient pour que leurs familles ne soient pas décimées, pour que leur pays ne soit pas dévasté – je dois dire qu'à ce moment-là il ne parlait plus beaucoup de démocratie, de laïcité ou d'égalité hommes/femmes, il allait à l'essentiel, si je puis dire… Malheureusement, Perwin ne pouvait pas manœuvrer. Quand il avait essayé de faire bouger ses hommes hors de leurs positions initiales, ils s'étaient aussitôt fait bombarder par les drones et les avions turcs qui surveillaient les moindres détails du terrain depuis le ciel – il avait perdu beaucoup de monde dans cette affaire-là. Tout ce que pouvaient faire les Yapagués de Perwin, c'était résister dans les postes de combat où ils se trouvaient déjà ; cela me permettait de commencer le transfert des civils et de nos blessés. Ils ont tenu deux jours entiers. Perwin a été tué au matin du troisième jour.

« Pour des raisons tactiques, j'avais installé mon état-major le plus loin possible de la frontière turque, mais cela ne faisait jamais qu'un seul kilomètre vers le sud, de l'autre côté de la ville, et les premières bombes des avions ont été pour moi – heureusement, nous étions profondément enterrés dans les tunnels que nous avions creusés sous les maisons, comme je vous l'ai dit.

« La seconde ligne de défense était tenue par le bataillon du camarade Aziz – un homme qui parlait toujours à voix basse et se battait toujours en hurlant, on ignorait pourquoi… Il commandait une unité d'élite, des vétérans qui avaient été de toutes les batailles, de Kobané jusqu'à Raqqa. Aziz et les siens ont eux aussi résisté pied à pied, sans rien lâcher : deux jours – puis ils ont été engloutis. Mais grâce à lui, j'avais déjà pu évacuer les trois quarts de nos blessés et la moitié des civils : ils formaient des colonnes interminables de voitures, de camions, de bus, de tracteurs, de cars, de tout ce qui pouvait rouler, sans oublier des chevaux, des mules ou des ânes. J'avais rassemblé tout ça pour envoyer ces milliers de malheureux en sécurité – du moins je l'espérais – vers le sud et l'est du Rojava. J'ai vécu des images pitoyables d'exode et de malheur, de cris et de larmes, Rachel, mais ces gens allaient avoir la vie sauve. Là se trouvait notre consolation à nous tous qui continuions la résistance dans la ville en ruine.

« Le bataillon *Shahid Arin Mirkan*, commandé par Tékochine, était ma réserve. Je l'avais déployé derrière Aziz et Perwin sur la totalité des quartiers sud de la ville, vers mon état-major. Il constituait notre dernier rempart ; c'est seulement le lendemain de l'anéantissement de l'unité de Perwin qu'il a été engagé. Et les choses sérieuses ont commencé… »

## CHAPITRE IX

« J'avais donné à Tékochine des ordres identiques à ceux de Perwin et Aziz : tenir le choc aussi longtemps que possible pour me permettre d'achever le sauvetage des civils – et ensuite, si c'était encore jouable pour elle, si le destin l'autorisait, faire retraite vers l'est afin de préserver ce qu'elle pourrait de ses Yapajas survivantes. Je n'avais pas donné d'ordre aussi épouvantable depuis cinq ans – et c'était à Kobané…

« Je me souviens de l'état d'esprit de Tékochine quand elle est venue prendre mes instructions dans le souterrain où j'étais recluse. Les bombes ébranlaient les murs de soutènement et toutes sortes de débris nous tombaient dessus, mais elle n'affichait pas de sentiment particulier, souriant comme à son habitude ; pour elle, la mort n'était pas à craindre, vous le savez, et la seule chose dont elle avait peur ce jour-là, c'était la fin possible de nos libertés si les islamistes turcs gagnaient la guerre. Elle me l'avait dit plusieurs fois les jours précédents, hantée par cette idée de l'échec après tant de victoires ; cependant, elle se refusait à montrer quoi que ce soit, comme si elle s'était déjà réfugiée dans un autre monde. Gulistan ne laissait rien paraître non plus et vivait tout de l'intérieur, demeurant légèrement en retrait de sa commandante, à sa manière habituelle, sans la lâcher d'un mètre, sa kalachnikov sur la poitrine, l'œil aux aguets. Je dois dire que ces deux sœurs d'armes silencieuses et maîtresses d'elles-mêmes me parurent ce jour-là plus impressionnantes que jamais dans le chaos de fin du monde qui nous environnait et la canonnade assourdissante qui se rapprochait. Même en ayant l'habitude de les voir ainsi, j'étais impressionnée – et d'une certaine manière, rassurée.

« Une chose d'importance ici, Rachel, afin que vous compreniez bien ce que je vais vous raconter tout à l'heure à propos de cette histoire de dernière cartouche – cette cartouche cruciale que nous nous réservons, nous les filles, pour ne pas tomber vivantes aux mains de l'ennemi et subir ses tortures abominables. On a déjà dû vous l'apprendre, nos Yapajas ont l'habitude de la garder au fond d'une poche de leur treillis ou, le plus souvent, glissée dans une encoche de leur gilet de combat. C'était le cas pour Tékochine et Gulistan ; à un moment, mes yeux sont tombés sur ces deux cartouches dont les balles luisaient sur le côté droit de leurs poitrines et j'ai pensé fugitivement qu'elles allaient bientôt servir – avant de chasser cette pensée funeste…

« Lorsque Tékochine a eu fini d'écouter mes ordres – qu'en réalité elle connaissait à la lettre depuis quatre jours – elle a simplement dit : “Parfait, hévala Tulin”, sans le moindre commentaire, calmement, et je suis certaine qu'elle savait déjà que ce serait sa dernière bataille. Et Gulistan aussi, qui hochait la tête pour m'approuver, sans prononcer une seule parole, ses yeux bleus fixés sur moi avec une intensité incroyable. Tékochine m'a juste fait part de ses soucis pratiques, comme son ravitaillement en munitions ou l'évacuation de ses blessées. Quand je lui ai annoncé, sans tricher ni mentir, que je ne pourrais probablement rien faire étant donné la situation, elle a répété comme si de rien n'était : "Parfait, hévala Tulin, c'est ainsi et voilà tout." Elle a simplement ajouté : "On se débrouillera, bien sûr, ne t'inquiète pas..." J'avais du mal à retenir mes larmes et il y a eu un instant de silence ; puis, elle a encore dit, d'une manière qui m'a paru énigmatique sur le moment – mais Gulistan qui semblait tout comprendre acquiesçait de la tête – "C'est l'heure de payer le prix. Ce n'est pas cher, au fond... S'il avait fallu, j'aurais accepté de payer deux fois plus..." Je ne suis pas certaine de ce qu'elle voulait dire exactement, mais comme elle ne plaçait rien au-dessus de la liberté, j'imagine qu'elle parlait de ça. Quoi qu'il en soit, elle cherchait juste la meilleure manière d'être utile une ultime fois. On peut appeler ça de la fatalité, ou autrement – je ne sais plus à vrai dire.

« Une demi-heure après, elles ont quitté mon état-major pour rejoindre leur unité ; nous sommes remontés à la surface, et dans la rue elles se sont retournées pour me saluer d'un geste du bras en faisant le V de la victoire ainsi que nous en avions l'habitude autrefois : j'étais bouleversée. Je savais qu'elles allaient mourir et elles le savaient aussi. Mais que pouvions-nous faire ? Le destin, n'est-ce pas... Ça a été la dernière fois que je les ai vues vivantes.

« Les islamistes et les Turcs sont arrivés au contact de leur bataillon deux heures plus tard, tout le long de la ligne de front. Les combats ont été d'une violence apocalyptique tout le reste de la journée, la nuit qui a suivi, et le lendemain encore. J'ai toujours dans les oreilles le fracas de la bataille que j'entendais de loin et en même temps tout près dans ma radio ; cette sorte de distorsion du réel était épouvantable à vivre, comme une forme de schizophrénie.

« Les postes avancés de Tékochine ont résisté autant qu'ils ont pu mais sont tombés les uns après les autres, submergés par le nombre – on devait se battre à un contre dix peut-être – ou écrasés par le déluge de mitraille et d'obus qui tombait sur eux. Les ruines fumaient incroyablement et des incendies s'étaient déclarés partout. Cela faisait un bruit de forge au milieu des explosions.

« Mais, il fallait gagner du temps et nos filles gagnaient un temps précieux. Vingt-quatre heures encore et l'évacuation des derniers civils serait achevée.

« Il a sans doute manqué une journée pour que Tékochine et Gulistan survivent à la bataille. Parce que, au troisième jour, malheureusement, les islamistes ont percé le front d'un coup : à la fois le long de la grande avenue qui coupe la ville en deux, et près de l'hôpital. Ça a été comme un barrage qui cède brutalement sous la pression d'une eau devenue trop forte – et cette eau se met à tout dévaster devant elle sans que rien puisse l'arrêter. La moitié des quartiers sud a été occupée très vite ; j'ai suivi ce désastre à la jumelle. Les Turcs risquaient de nous prendre en tenaille très vite et il me fallait encore quelques heures pour finir ma tâche. J'étais parvenue à faire revenir plusieurs dizaines de camions et de ce côté-là tout allait bien, j'avais des moyens. Mais si vous me demandez comment je me sentais à ce moment-là, Rachel, si j'étais angoissée ou quelque chose de ce genre, je ne saurais quoi vous répondre, en vérité. Tout se mélangeait – la peur qui pousse à fuir dès que possible et la volonté de bien faire qui pousse à refuser de fuir – il y a une guerre civile en soi et il faut l'accepter. J'avais prévu, si le destin le permettait, de quitter la ville dans le dernier camion de réfugiés – avec l'espoir que Tékochine et ce qui lui resterait de ses Yapajas puissent nous rejoindre. C'était une illusion : il fallait bien que des fusils protègent notre retraite…

« Tékochine m'a demandé à la radio où j'en étais – elle me le demandait au moins dix fois par jour pour galvaniser ses filles et leur montrer qu'elles ne se sacrifiaient pas en vain. Je le lui ai appris sans détour. Elle n'a pas fait de commentaire, comme d'habitude, se limitant à un point de situation pratique : "Tulin, de toute façon, je ne peux plus bouger d'où je suis. Leur feu nous cloue au sol, ce sera bientôt la fin…" J'aurais voulu lui crier que c'était impossible, qu'il y avait encore de l'espoir, que tout pouvait arriver, mais ç'aurait été dire n'importe quoi – elle savait qu'elle n'avait plus aucune chance, rien à attendre de quiconque, et que personne ne viendrait à son secours comme autrefois à Kobané. Elle a ajouté : "J'ai encore trois positions qui résistent en plus de la mienne. Elles sont bien enterrées dans des rez-de-chaussée d'immeubles. Mais dépêche-toi de partir, nous ne tiendrons plus longtemps. Avant la nuit, nous serons encerclées." On aurait dit qu'elle parlait de quelqu'un d'autre, que son sort ne lui importait plus. J'avais la gorge nouée.

« Pendant toute l'heure qui a suivi, j'ai organisé les derniers camions d'évacuation en parlant sans cesse avec Tékochine, mais uniquement pour suivre l'évolution du combat et ne pas être prise à revers. Nous savions, elle et moi, que je survivrais à cet enfer et elle non, que le sort en avait décidé ainsi et que nous n'y pouvions rien ; alors nous parlions avec un détachement nouveau. Nous avions fait l'une et l'autre ce que nous devions faire et le reste importait peu. En même temps, je sentais que Tékochine retournait en elle-même – à l'intérieur d'elle-même plus exactement – pour se préparer à la fin ; je le sentais au ton de sa voix. À aucun moment elle ne m'a demandé de transmettre un message quelconque à ses amis ou à ce colonel français qui se battait avec nous, non loin de là, et n'avait pas cessé de lui parler à la radio. Elle m'a juste dit que Gulistan se trouvait toujours à ses côtés, n'était pas blessée et se battait avec courage. Je crois qu'elle m'a raconté ça pour que moi, qui allais survivre, je n'oublie pas Gulistan dans mon rapport et qu'elle reste dans les mémoires. Ça me remuait le cœur d'entendre de pareilles choses au milieu des explosions et des tirs que la radio déformait abominablement.

« C'est au moment où je suis montée dans le camion de queue du convoi que Tékochine m'a parlé pour la dernière fois – avant de laisser sa radio allumée sur sa poitrine. Elle m'a annoncé calmement que sur sa position toutes ses filles avaient été tuées à présent et qu'il ne lui restait que Gulistan ; elles étaient acculées dans l'un des angles de l'immeuble, chacune à un bout d'une galerie effondrée, protégées par des amoncellements de gravats ; elles n'avaient plus que quatre chargeurs de kalachnikov et aucune grenade. C'était la fin. Tékochine ne m'a pas dit adieu ou quelque chose de ce genre – et moi non plus. Nous avons fait comme si de rien n'était. Mais j'ai pleuré pour de bon en m'asseyant dans le camion, je le dis sans honte.

« Ce qui s'est passé ensuite, Rachel, je le sais par tout ce que j'ai entendu dans les radios de Tékochine et Gulistan. Je vais le reconstituer pour vous maintenant, avant que vous ne lisiez la transcription complète, mais je vous en prie, continuez à ne pas m'interrompre…

« Les islamistes turcs avaient bien senti que la résistance faiblissait devant eux et ils prenaient leur temps, sans doute pour s'éviter davantage de pertes – à moins qu'eux-mêmes n'aient été épuisés. Ils ne s'exposaient plus dans un assaut frontal. Tékochine a ordonné à Gulistan de ne tirer désormais qu'à coup sûr et d'économiser ses dernières munitions. Les coups de feu se sont espacés et ensuite il n'y a plus rien eu pendant plusieurs minutes. Le front est devenu silencieux. Puis, les djihadistes se sont mis à tirer une série de roquettes ; elles ont explosé au centre de la galerie, les unes après les autres, jusqu'à ce que la galerie s'effondre complètement. Gulistan et Tékochine se sont retrouvées séparées par un fossé de plusieurs mètres – un fossé à découvert, exposé aux tirs, un fossé en pleine lumière. Elles ne pouvaient plus se rejoindre. Celle qui aurait essayé de traverser ces quinze mètres d'espace libre se serait fait abattre à coup sûr. Elles s'attendaient si peu à une telle situation que leur moral a flanché pendant un moment. Elles étaient prêtes à mourir depuis longtemps, à se suicider avec leur dernière cartouche si nécessaire, mais elles n'étaient pas du tout préparées à être tuées séparément. Cette éventualité-là, elles l'avaient si peu envisagée qu'elle leur a semblé effroyable dans tous les sens du terme ; elles ne parvenaient pas à l'accepter comme on accepte un coup du sort. C'était insupportable. Alors, elles se sont mises à se parler sans arrêt pour se rassurer et s'encourager – mais que pouvaient-elles se dire vraiment, surtout à cette distance et sans se voir, obligées de rester allongées, cachées comme elles pouvaient ? Elles ont fini par pleurer toutes les deux et il n'était plus question de se battre pour la liberté ou la démocratie, plus question de vengeance, de victoire ou de défaite, juste de ce qui allait leur arriver, la chose la plus essentielle du monde à ce moment-là. Quand vous lirez, Rachel, le détail de leurs échanges, vous verrez que ce passage est terrible, que pendant l'espace d'un moment – un moment très court mais un moment quand même – il n'y a plus eu dans les ruines de Sérikani que deux femmes qui avaient envie de vivre.

« Les islamistes ont commencé à se rapprocher, bond par bond, dans les décombres de la rue pour obliger Tékochine et Gulistan à consommer leurs dernières munitions. Ils voulaient à coup sûr les capturer vivantes. Par chance – ou par malchance – ni l'une ni l'autre n'ont été blessées pendant ces échanges de tirs, pourtant violents. D'une certaine manière, il eût mieux valu qu'elles soient tuées à ce moment-là, n'est-ce pas ? Le destin en a décidé autrement. Je suis certaine que toutes les deux ont songé à se redresser plus que nécessaire, à un moment ou à un autre, pour se faire délibérément toucher et en finir, mais elles y ont renoncé – c'est le genre de choses que nous interdisons : tant qu'il reste une possibilité, nous avons le devoir de nous battre – telle est la règle des Yapagués et Yapajas.

« Tékochine se trouvait derrière un muret de pierre, Gulistan contre un parapet. Elles ne pouvaient toujours pas se voir. Tékochine a crié à Gulistan de régler son tir sur le sien afin qu'elles tombent à court de munitions au même moment et utilisent ensuite leur dernière cartouche en même temps. Elle a crié ça d'une manière très calme mais quand je l'ai entendue à la radio, j'ai encore pleuré, Rachel…

« Et puis est venu le moment où chacune de leurs kalachnikovs a claqué à vide. Cette fois, c'était vraiment fini… Mais le sort a été plus cruel qu'il n'aurait dû. Brusquement, Gulistan s'est mise à hurler la chose la plus terrifiante que Tékochine pouvait entendre – et qui pouvait arriver à Gulistan : sa dernière cartouche, celle qui se trouvait accrochée à son gilet de combat, celle qui devait la sauver de l'horreur, cette cartouche avait disparu. Ses doigts avaient beau chercher partout, fouiller les encoches, faire sauter les Velcros, il n'y avait plus rien. La cartouche avait sûrement été arrachée à un moment ou à un autre dans le feu de l'action – un instant plus tôt ou longtemps avant – et s'était perdue quelque part. Il était vain de la chercher au milieu des amoncellements de gravats et des milliers de douilles vides jonchant le sol.

« Voilà ce qui s'est passé, Rachel : à l'heure cruciale, Tékochine et Gulistan n'ont plus eu qu'une seule cartouche pour elles deux.

« Gulistan a continué à hurler un long moment. Alors, Tékochine lui a ordonné de se redresser. Elle a réellement donné l'ordre à Gulistan de se lever et de se tourner vers elle pour que les islamistes lui tirent dessus. En finir de cette manière… Comme Gulistan hésitait, elle l'a littéralement engueulée ; elle lui a crié : "Dépêche-toi d'obéir ! Et s'ils ne te tuent pas pour te prendre vivante, c'est moi qui vais t'abattre avec ma dernière cartouche, dépêche-toi !…"

« Quand elle a entendu ça, Gulistan a refusé tout net. Elle a crié à son tour que cette cartouche n'était pas pour elle et qu'elle n'en voulait pas. Tékochine lui a hurlé dessus encore plus fort, comme une folle – elle l'a même insultée – mais ça n'a rien changé. Gulistan refusait de se lever. Elle savait que si elle le faisait aussi délibérément, les islamistes comprendraient et ne lui tireraient pas dessus.

« Tékochine m'avait souvent affirmé qu'elle avait un devoir de protection envers Gulistan – celle-ci était peut-être sa garde du corps, mais elle lui devait une sorte de réciprocité après ce qu'elle avait fait pour elle à Kobané, dans cet immeuble effondré qui l'avait tenue prisonnière des jours et des nuits. Tékochine s'était toujours dit qu'il lui faudrait rendre à Gulistan, tôt ou tard, ce qui lui était dû. C'est peut-être étrange, mais elle estimait être en dette vis-à-vis d'elle ; ça traînait dans un recoin de sa tête. À cela s'ajoutait cette vieille histoire de culpabilité ressentie après ce qui s'était passé pendant la bataille de Raqqa quand elle avait dû mettre en danger la vie de Gulistan – vous vous souvenez de son rapport, n'est-ce pas, Qaraman vous en a donné une copie. Tékochine s'en voulait pour ça ; elle avait une sorte de faute à expier. Elle me répétait souvent que lorsqu'on a charge d'âme, il est interdit de se tromper – et elle considérait avoir commis de graves erreurs lorsqu'elle avait installé son bataillon la nuit précédant cet affrontement.

« Alors, comme Gulistan refusait toujours de bouger, elle a fait ce qu'elle considérait devoir faire dans une situation aussi désespérée – et je crois que c'était la chose la plus atroce qui pouvait arriver à ces deux sœurs d'armes. Elle a rampé dans le fossé pour rejoindre la position de Gulistan, elle a réussi à ne pas se faire toucher par les tirs des djihadistes, et elle est parvenue de l'autre côté vivante. Gulistan a tenté de s'enfuir vers l'intérieur de l'immeuble, elle a couru tant qu'elle a pu, mais Tékochine l'a rattrapée et l'a tuée à bout portant avec sa dernière cartouche… Pendant les quelques minutes de ce drame, elles n'ont échangé aucune parole ; dans la radio, on n'entendait que leurs halètements.

« Une dizaine de jours plus tard, un commerçant servant d'intermédiaire aux islamistes est venu nous proposer de racheter les cadavres de nos camarades dont ils avaient pu s'emparer – c'était une pratique courante chez eux. Nous les avons payés le prix demandé – nous le faisions toujours. Toutefois, pour deux corps en particulier ils ont exigé le triple de ce prix. D'une manière ou d'une autre, ils avaient compris ce qui s'était passé et ce que cela représentait pour nous. Nous avons payé aussi. J'ai vu les deux corps, Rachel : celui de Gulistan portait juste un impact de balle en plein cœur – mais son visage exprimait l'horreur. Le corps de Tékochine n'existait plus ; il était démantelé. Sans les empreintes digitales de l'une de ses mains il aurait été impossible de l'identifier.

« Lorsque plus tard, j'ai fait mon rapport à l'état-major, mes camarades ont été horriblement peinés des abominations subies par Tékochine – et en même temps terriblement gênés par la façon dont Gulistan avait été tuée pour ne pas avoir à souffrir. Un sacrifice de ce genre, nous n'en avions jamais connu. Une Yapaja qui en poursuit une autre pour la tuer, même pour lui épargner le pire, ce n'était pas quelque chose que nous pouvions donner en exemple. La suite, vous la connaissez : après avoir honoré Tékochine et Gulistan, nous les avons enterrées côte à côte, ainsi qu'elles avaient vécu, sans rien dire de plus, laissant faire le temps pour oublier.

« Vous êtes venue raviver tout cela, Rachel… Et nous nous sommes rendu compte que c'était finalement une bonne chose. Nous avions besoin que Tékochine nous rappelle, en ces temps difficiles pour nous tous, qu'il peut y avoir une victoire dans certaines défaites, et qu'il arrive que ce soit en mourant que l'on se sauve. »

# *Épilogue*

D'après ce que l'on sait, Rachel Casanova resta un mois dans le camp de Tulin Clara pour rédiger son reportage ; Jim Billingman – celui qu'elle appelait son boss – le publia à grand renfort de publicité et le succès fut immédiat. Le *Sydney Match* doubla son tirage habituel.

Toutefois, Rachel refusa de rentrer en Australie. Elle obtint de prolonger son séjour chez les Kurdes jusqu'à l'hiver suivant afin d'écrire son livre. Elle l'intitula *S'il n'en reste qu'une* et réussit à faire parvenir le manuscrit à Ted Singleton depuis les montagnes de Diyarbakir. Singleton le fit paraître chez le même éditeur que *Le Naufrage du lieutenant Wells*. Le livre obtint ce que l'on appelle un "succès d'estime".

On perd ensuite la trace de Rachel Casanova. Elle démissionna du *Sydney Match* après un bref retour chez elle et repartit avec Singleton pour une destination indéterminée ; il serait hasardeux d'en conclure qu'ils rejoignirent les Kurdes car à partir de là, ils ne donnèrent plus aucun signe de vie. Jim Billingman prétendit qu'ils se trouvaient dans une île perdue du Pacifique – mais personne ne le crut.

Peu de temps après ces événements, les Turcs décidèrent de mener une offensive générale contre le camp de Tulin Clara au moment où s'y tenait une importante réunion des chefs de la résistance. La bataille fut d'une rare violence d'après ce que rapportèrent les quelques témoins qui survécurent à ce combat. Tulin Clara mourut dès le bombardement de l'aviation qui précéda l'assaut de l'infanterie et l'on ne retrouva jamais son corps. Le général Qaraman parvint à résister deux jours entiers, retranché dans l'une des grottes du camp avec une partie de ses hommes ; il tomba les armes à la main après un combat désespéré. En ce qui concerne Asya Khabour, elle fut blessée et capturée sans que l'on sache le sort qui lui fut réservé. Ses gardes du corps, Diljuar et Hovan, parvinrent à s'échapper et à gagner les montagnes de Qandil en Irak pour continuer la révolution.

Bérivan Kobané, « la femme qui ne sourit jamais », se trouvait à Erbil lors de cette offensive. Elle fut nommée à la tête de la direction politique de la résistance pour combler les rangs qui s'étaient éclaircis et gagna elle aussi les maquis de Qandil.

Un an plus tard, les Occidentaux, devant la recrudescence des attentats islamistes en Europe, se résolurent à renvoyer massivement des troupes au Rojava pour renouer leur alliance avec les Kurdes. Ce fut aussi efficace qu'au moment de la bataille de Kobané en 2014 : les Turcs durent revenir à l'intérieur des frontières naturelles de leur pays et les djihadistes qu'ils soutenaient s'y réfugièrent comme ils purent – jusqu'à nouvel ordre, dit-on.

C'est à ce moment-là que le livre de Rachel Casanova connut un succès considérable. On la chercha partout pour paraître dans les médias, on ne la trouva pas. On raconte qu'un grand reporter français décida de partir sur ses traces. Il pensait que le titre de son livre ne faisait par référence, en réalité, à la dernière cartouche de Tékochine et Gulistan, mais à elle-même, Rachel Casanova. Il découvrit, dans un cimetière militaire kurde des montagnes de Qandil, les tombes d'un homme et d'une femme dressées un peu à l'écart de celles des autres combattants. Il prétendit dans son journal à sensation qu'il s'agissait des sépultures de Rachel Casanova et Ted Singleton – c'est du moins ce que lui auraient révélé les Yapajas gardant ce cimetière. Toutefois, il fut incapable de fournir la moindre preuve et l'on peut considérer qu'il s'agit là d'une histoire aussi extraordinaire qu'invraisemblable, comme on en colporte beaucoup dans ces régions pour créer la légende.

*À bord de la frégate* Nivôse *– commandant Bolelli*
*Mission des terres australes et antarctiques françaises*
*Janvier-mars 2020*

*Rojava octobre 2020*

DU MÊME AUTEUR *(suite)*

COMBATTRE !, Éditions de La Martinière
L'AVENTURE, POUR QUOI FAIRE ? *(collectif)*, Points-Seuil
L'AVENTURE, LE CHOIX D'UNE VIE *(collectif)*, Points-Seuil
LA MER POUR AVENTURE *(collectif)*, Points-Seuil
BONJOUR MONSIEUR ORWELL, Gallimard
AVEC LES KURDES, Gallimard
DICTIONNAIRE AMOUREUX DE LA CORSE, Plon (à paraître)

*Récits*
L'EXODE VIETNAMIEN, Arthaud
ILS ONT CHOISI LA LIBERTÉ, Arthaud
PAONA (avec A. Boinet et D. Lagourgue), Éditions de l'Archipel
QUATRE DU CONGO, in PREMIÈRES EXPÉDITIONS, Points-Seuil
TERRE FAROUCHE, in PREMIÈRES EXPÉDITIONS, Points-Seuil
LA FOLLE EQUIPÉE, Points-Seuil
QUI A BU L'EAU DU NIL, in GRANDES TRAVERSÉES, Points-Seuil
RAID PAPOU, in GRANDES TRAVERSÉES, Points-Seuil
TROIS ANS SUR LA DUNETTE, Points-Seuil
AVANT LA DERNIÈRE LIGNE DROITE, Arthaud, Points-Seuil
MOURIR POUR KOBANÉ, Perrin/tempus
PATROUILLE AU GROELAND, Grasset

*Albums*
CHASSEUR D'HORIZON, Filipacchi
« LA BOUDEUSE » EN AMAZONIE, (avec N. Clérice) – Glénat
LA VIE QUE J'AI VOULUE – Seuil

*Autres*
PATRICE FRANCESCHI ET « LA BOUDEUSE », de Valérie Labadie, Seuil et Points-Seuil

Cet ouvrage a été achevé d'imprimer sur Roto-Page
par l'Imprimerie Floch à Mayenne
pour le compte des Éditions Grasset
en juin 2021.

Composition Maury-Imprimeur

PAPIER À BASE DE FIBRES CERTIFIÉES

*Grasset* s'engage pour l'environnement en réduisant l'empreinte carbone de ses livres. Celle de cet exemplaire est de :
500 g éq. $CO_2$
Rendez-vous sur www.grasset-durable.fr

N° d'édition : 22069 – N° d'impression : 98600
Dépôt légal : août 2021
*Imprimé en France*